Do que os homens têm medo

OBJETIVA

SONIA RODRIGUES

Do que os homens têm medo

OBJETIVA

EDITORA OBJETIVA LTDA., rua Cosme Velho, 103
Rio de Janeiro – RJ – CEP 22241-090
Tel.: (21) 2556-7824 – Fax: (21) 2556-3322
www.objetiva.com.br

Capa
Silvana Mattievich

Revisão
Renato Bittencourt
Elaine Bayma de Moraes Barbosa

Editoração Eletrônica
FUTURA

R696d

Rodrigues, Sonia
Do que os homens têm medo / Sonia Rodrigues. –
Rio de Janeiro : Objetiva, 2003

146 p. ISBN 85-7302-552-2

1. Literatura brasileira - Contos. I. Título

CDD B869.3

End of transmissions

Primeiro encontro. Conferência, assunto árido, mas essencial para o trabalho, paixão dos dois. Eram *workaholics,* ela mais do que ele, que trabalhava por gosto e não acrescentava ao prazer fuga ou culpa. A diferença só foi exibida depois, aumentou o cacife dele, adorou se encantar por um homem que aperfeiçoava sua maior qualidade. Início do ano, ela com decisão recente de esquecer um amor que se arrastava em fuga.

Segundo encontro. Outra conferência. Ele acompanhado da mulher. Casado, as sirenes ganiram perigo, perigo, ela reconheceu com humor. Não valia a pena o esforço. Um homem que leva a mulher para palestras de trabalho está a fim de investir. No casamento.

Encontro *fake.* Bloco de carnaval. Alguém muito parecido, mais gordo, mais bronzeado, mais desleixado. Ela reconhece que a impressão foi duradoura. Passa um barbudo boa-pinta, meio bêbado, joga charme, ela bate as pestanas.

Terceiro encontro. Outra palestra. Ele está com a mulher de novo, faz um comentário com uma colega, ela gosta da voz, lamenta o estado civil. O casal se parece no estilo de vestir, têm uma identidade informal invejável. Ela sempre teve medo de homens casados. O barbudo do carnaval está durando um mês, se acha mais irresistível do que sua *performance* indica. Pena.

Quarto encontro. Feira de empresas da área, os dois se esbarram num estande, comentam um produto polêmico, ela fala pouco, nervosa. Depois ela pensa como foi sem jeito, quase mal-educado não ter oferecido o cartão.

Quinto encontro. Ainda trabalho, final da feira, consultores destroçam o produto que os dois elogiaram, trocam um sorriso cúmplice, ela se apresenta, ele entrega o cartão com *e-mail,* pede que ela envie informações que os dois sabem desnecessárias.

Primeiro *e-mail.* Devolvido. E agora? Vai numa página que ele comentou gostar e faz uma busca. Encontra três homônimos. Arrisca. Ela vasculha a Internet, acha outro, envia uma mensagem formal com os dados que ele pediu, justifica onde, como, por que está mandando para um endereço diferente.

Primeiro *reply.* Ele agradece, confirma a presença num debate que está entre a programação que ela enviou. O barbudo do carnaval dança, é vaidoso demais para o gosto dela.

Sexto encontro. Reunião. Almoço de negócios numa sexta-feira. Os dois sentam juntos, trocam comentários, os braços se tocam uma vez ou outra, ela em dúvida do propósito, a expressão dele é relaxada, inocente como se a atenção estivesse toda no assunto em pauta.

Na saída, oferece carona numa inusitada moto, ela elogia o meio de transporte que lhe mete medo – como elogiaria um cavalo de raça mal-encarado, se os dois estivessem no século XIX – ele informa que a patroa adora o meio de transporte, ela hesita em aceitar carona de um homem casado com uma mulher que é chamada de patroa. Ele insiste, ela mal consegue pôr a mão na sua cintura, quanto mais abraçá-lo como ele sugere, ele a deixa na porta do escritório, um comentário de levíssimo duplo sentido sobre ter medo e cravar as unhas. Aumentam suas dúvidas.

Sétimo encontro. Seminário. Tomam café com um grupo na saída, comentam um filme de guerra, ela cita o beijo apaixonado do casal que se esbarra em 30 segundos entre bombardeios, os homens em volta riem do romantismo, ele diz, um tom mais baixo, que sempre se deve beijar como se estivessem em guerra. Ela registra a resposta. Como será que ele beija?

Primeiro *e-mail* exclusivamente pessoal. Ela manda um comentário sobre o filme, ele intercala suas respostas no meio do texto dela, são respostas inteligentes, mas ela se sente meio invadida, ao mesmo tempo acha *sexy* a abordagem. Três dias de troca de mensagens, curtas, umas mais, outras menos maliciosas, difícil precisar se os *e-mails* são jocosos por rapidez e cansaço ou por tensão sexual.

Primeira festa. Lançamento de um projeto da empresa onde ela trabalha. Ele e a mulher, de novo. Ela gela por dentro, do que adianta dar corda para um homem que anda com a esposa para cima e para baixo?

Primeira refeição a dois. Almoço de trabalho, ele senta do lado dela, no troco de um comentário seu sobre dietas, diz que ela é encrenca pura. Pede que ela espere por ele ao sair, se impacienta quando ela se impacienta com a demora, a leva até o metrô, amistoso e formal. Qual é a desse cara?

Primeiro *e-mail* com vários Re:Re:Re:Re. Ele se mostra capaz de fazer comentários fofos sobre doces preferidos, música, livros. Ela provoca com a notícia de um ensaio erótico de sua própria lavra, ele pede para ler, ela nega.

Primeiro telefonema. Barulho ao fundo, parece que ele liga da rua, avisa que está escalado para uma viagem de negócios. Ele insiste que ela mande o ensaio, promete ler no avião. Ela manda, ele some. Maio, ela se zanga, ainda bem que está para sair de férias. Outras terras, outros *guys*.

E-mail de lista. Mês de junho, ela quase esquecendo a existência dele, começam a pipocar *e-mails* de lista, uma piada aqui, uma informação interessante ali, será que ele tenta restabelecer contato? Ela envia uma mensagem bem formal. Ele responde exuberante como locutor de futebol. No P.S., uma frase sobre o ensaio. Perturbador, uma loucura.

Primeiro desabafo. Ela se confessa arrependida pelo envio, ainda mais pela demora dele em dar sinal de vida. No fundo, no fundo, ela pensa, mas não escreve, o erotismo por escrito deve ter assustado o cara. Quem disse que homem gosta de mulher atrevida?

Primeiro *e-mail* comprometedor. Ele responde nos últimos minutos do 12 de junho, dia dos namorados. O que o ensaio inusitado fez foi aumentar a fome da formosura dela, fome que ela já devia ter percebido. Não era bom se eles pudessem se encontrar de novo? Ela imprimiu a mensagem e carregou na carteira durante dias. Adorou a referência à beleza. Complexo de mulher inteligente, bonitas são as louras. Lia sempre que se aborrecia no trabalho, em casa, na vida. Romantismo desvairado. "Será que tenho cura?", se perguntava autocomplacente.

Primeiro convite explícito. Ela faz um convite derramado para um possível encontro, três dias depois. Ele não responde.

Segundo telefonema. Ela para o trabalho dele na cara-de-pau, temerosa de uma rejeição, ele atende contente, reconhece sua voz, na terceira palavra, marcam um encontro no final do dia seguinte. Ela só falta dar pulos de alegria, especula como vai ser, se deve vestir calça comprida para a hipótese de ele vir de moto ou saia para ele apreciar suas pernas. Corta o cabelo, de manhã bem cedo.

Primeira decepção. *E-mail* curto, simples, assunto: melou, compromisso inesperado no trabalho, fica para outra vez. Ela entre enfurecida e arrasada. Medroso, manipulador, nisso é que dá dar corda para homem casado, hesita, fuma um cigarro, masca dois chicletes, tenta respirar fundo, não consegue, liga para ele e diz que não suporta gente que desmarca compromissos, nada entre eles pode dar certo, enfim, me esquece.

Décimo encontro. Saída do trabalho. Ela vai para casa, num desânimo só, depois de ter se arrastado entre as tarefas, o cabelo novo e a roupa sem graça, nenhum dos itens sensuais que havia planejado, a calcinha e o sutiã novos, em cima da cama, em casa.

Sua idéia era sair mais cedo, tomar um banho, estrear as peças. Precipitação, é claro, mas faltava experiência com homem casado, supunha que o melhor fosse o mais rápido. Se arrastando, passa pela porta do café onde devia ser o encontro e lá está ele.

Primeira discussão. Inacreditável, ele está ali, controlado, mas furioso com seu telefonema, ela nem o conhece, eles não têm nada, como ela pode ligar e dizer aquilo tudo? Ela concorda, humilde, mas arrasada, não sabe lidar com rejeição, é isso mesmo. Não tem estofo para ter um caso com ele, vamos ser só bons amigos, sugere. Conversar sobre essas coisas, não dá, ela se entusiasmou com as mensagens anteriores, foi isso. Ele pergunta qual foi o ponto que a entusiasmou mais, já esquecido da zanga, os dois discordam de uma vírgula qualquer, ela pergunta se ele quer tirar a limpo, voltar com ela para o escritório, ela pode abrir o computador e mostrar o que está dizendo. Ele aceita, vão os dois, mais sonsos, impossível. Na sala escura se agarram, por cima das mesas e computadores, ele se revela um amante avassalador.

Primeiro *e-mail* depois da primeira noite. É ele quem manda, 24 horas depois, uma frase meio formal, curta, dizendo que ela é ótima. Em caixa-alta. Ela responde com 12 palavras – se deu ao trabalho de ir até Ferramentas e contar – que escreveu uma mensagem para não ser enviada, sobre um sujeito muuuuuuuuuuuuiiiiiiiiiiiito gostoso e inventivo.

Ele gosta que se enrosca com os elogios implícitos e explícitos, pede, implora para que ela mande a mensagem, ela diz que prefere entregar pessoalmente, é tímida, argumenta, com essas audácias *on-line,* está, na verdade, com medo de que a mulher dele dê um flagra virtual nos dois, mas não escreve isso no *e-mail,* ele diz que está de viagem marcada, para o dia seguinte, diz o local, ela quase dança de felicidade em frente ao micro quando aparece a notícia na tela. Ela também vai.

Terceiro telefonema. Ela liga para o celular dele e diz que também estará no encontro fora da cidade, sua programação é no dia posterior ao dele, mas ela poderia chegar na véspera, à noite, levar a mensagem especial. Ele exulta, ela se atreve mais. Ele vai ficar em hotel? Sozinho? Ele dá endereço e todos os telefones, combinam mais ou menos um horário. Ele liga do aeroporto, não se identifica, ela acha um charme a segurança dele achar que ela é capaz de reconhecer sua voz. Ele vai embarcar em instantes, está tudo certo? Ela chega e já tem mensagem na caixa postal. Dele. No táxi, a caminho do hotel, ele liga mais três vezes, vai demorar um pouco, não vai demorar, parece que em 30 minutos já estará no quarto, chegou, está esperando.

Décimo primeiro encontro. A porta do quarto está encostada, ele levanta quando ela chega, os dois sentam abraçados, conversam, ela mostra a mensagem não enviada, tórrida, ele lê, os dois se beijam, se mostram, inventam tanto que ela duvida, no meio da transa, que vá conseguir segurar com leveza a avalanche que ele provoca. Primeiro *round,* ele explica que precisa ligar para a mulher antes de dormir, ela se tranca no banheiro. Acaba o telefonema, ele se culpa. Os dois conversam e jantam, como bons amigos. Confidências de quem confia muito, ele tem culpa, mas tem desejo. Ela tem desejo e nenhuma culpa.

Ela admira, sem dizer, o como ele anda nu pelo quarto, catando as peças de roupa, sem a vergonha que faz algumas pessoas se vestirem rápido ou curvarem os ombros. Ele parece Donald Sutherland em *Cowboys do espaço*, alegre e orgulhoso da espada que ainda conquista mulheres. Não faz o elogio, romântico demais, poderia assustar. Conversam, inventam, dormem, conversam, repetem, dormem, acordam uma hora antes do compromisso dela, da volta dele. Arrumação rápida, senhas combinadas de saída, ele não quer que os colegas de trabalho saibam, o texto dos dois é defensivo, ela brinca que é uma despedida, ele não contesta.

Primeiro recuo. Ela liga. Pretexto qualquer. "Poderia me emprestar uma xícara de açúcar?", pergunta dócil como um pintinho hipnotizado pela cobra. Eles voltaram há dois dias, nem um *e-mail* dele, notícias. Ela tem outras perguntas, mas não faz, pareceriam cobranças, seriam cobranças de mulher que se apaixona com a primeira transa. Pressente que ele recuou, sabe que recuou pelo tamanho da paranóia que começa a crescer dentro dela, mas faz de conta que não percebe a mudança. "Estou sendo alijada."

Nova tentativa. Mensagem dela que poderia ser mandada para um amigo. Ele não responde.

Quinto telefonema. Dela. Uma semana do encontro fora da cidade. Ele custa a reconhecer a voz. Ela quase perde a coragem, mas convida para um *happy hour*, ele diz que só pode se for acompanhado, ela diz que é melhor que não vá, seria hipócrita, muda de assunto, diz que mandou duas mensagens, ele responde, o barulho do teclado ao fundo, que não está respondendo aos *e-mails*, faz como Napoleão que ficou 30 dias sem abrir correspondência e, quando enfrentou a pilha de cartas, descobriu que a maioria das situações estavam resolvidas. Por si.

E-mail geral. Mensagens da lista dele. Ela não responde. Rejeitada. Furiosa. Não quero mais saber.

Novo *e-mail* após uma semana de silêncio. Uma linha dele sugerindo que ela assista a um filme imperdível.

Sexto telefonema. Dela novamente. Reconciliada, ele partilhou com ela a indicação de um filme especial, não deve estar querendo manter distância. Ele reconhece a voz, conversa de flerte, ela sugere um encontro perto do trabalho dela, fim de expediente, ele contrapõe um almoço, pode tirar um horário mais longo, ela aceita, oferece um dia, ele diz que naquele não pode, ela se despede, ainda contente.

Décimo segundo *e-mail*. Dela. Agradecimento. O filme é tudo, a vida é boa, a felicidade existe. Lê três vezes antes de enviar. Não tem como ele não ficar encantado.

Décimo terceiro *e-mail*. Dele. Mensagem para a lista de amigos. Nenhuma resposta ao que ela escreveu sobre o filme, o amor, a existência.

Décimo quarto *e-mail*. Dela. Despedida formal. Se ele não pode responder mensagens pessoais, *please,* não mande informações partilhadas com 200 pessoas. Aproveita para informar que apagou o telefone dele da agenda. Sente-se valente, vingada, arrasada.

Décimo quinto *e-mail.* Dele. Quarenta e oito horas depois. Duas frases bem-humoradas sobre rejeição.

Décimo sexto *e-mail.* Dela. Não é rejeição, responde. Precisamos conversar. Procura na sua lista, acha o número do celular, o que não foi apagado, a mensagem foi mandada por ele há minutos, ela gostaria tanto de ouvir a voz dele... Se mandou a mensagem é porque tem interesse, se não se deixaria rejeitar e pronto.

Sétimo e último telefonema. Dela. A voz dele é cautelosa, ela cai em si, não devia ter ligado, diz duas frases, avisa que mandou um *e-mail* para ele, desliga.

Décimo sétimo *e-mail.* A resposta dele é clara e furiosa. O telefonema foi infeliz, ele não quer complicar a vida, esperava que ela fosse capaz de manter um relacionamento sem apegos, cobranças, obrigações. Não me ligue, não me procure, me esqueça, ela lê e se sente expulsa, ela lê e se sente exposta, ela lê e se sente a última das mulheres, inábil, egoísta, incompetente, barraqueira, incapaz, lê e só enxerga *end of transmissions, end of transmissions, end of transmissions...*

Dói, por isso eu esqueço

Ele roía as unhas, seus dedos eram curtos, brancos, minto, seus dedos eram avermelhados como costumam ser os dedos das pessoas muito brancas. Ele me encostou numa árvore, na volta de uma festa, e enfiou os dedos dentro de mim.

CORTA

Ele me levou para trás de um supermercado abandonado, deu um chupão no meu seio esquerdo que deixou uma mancha roxa, gozou nas minhas coxas e depois disse que ia me deixar. Eu comecei a chorar e ele perguntou se o choro era por causa da minha família, eu disse que era e ele disse tá, tá, então eu não deixo, ainda, mas se você não fizer tudo o que eu quero, eu deixo mesmo.

CORTA

A gente estava agarrado no portão da casa da minha avó, ele enfiando a língua no meu ouvido e apertando meus seios, quando parou e segredou: "da próxima vez que eu for na tua casa, quero te encontrar sem calcinha". Eu fiquei com medo, disse: "não, de jeito nenhum", então ele disse que estava tudo terminado entre a gente e eu disse: então tá.

CORTA

Ele estava bêbado, não bêbado de cair, mais ou menos bêbado, me deu uns beijos e entrou. Ficou uma mancha de sangue no lençol, mas acho que ele nem reparou ou se reparou não disse nada. Eu contei para ele antes, meio na pressa, que fui no apartamento de um cara que a gente conhecia e que eu pensava estar apaixonada. Quis dizer que não estava, que estava apaixonada era por ele. Mas acho que ele não ouviu. Ele deve ter pensado que eu não era mais virgem, eu mesma pensava que não era mais virgem. O cara brochou e não foi até o fim. Eu não sabia de nada disso. Na época. Era tudo como se fosse meio um sonho. Como se eu agisse no automático, para não pensar.

CORTA

Meu tio bebia e quando bebia espancava os filhos rapazes, perseguia as filhas da minha idade na rua, quando encontrava uma das duas namorando. Em geral, eu estava junto, gostava do agarramento e gostava do namorado que ameaçava me deixar.

Ele ia bêbado – às vezes na companhia dos filhos que espancava – nos lugares que os rapazes levavam a gente, lugares escuros, ficavam sempre quatro, cinco casais se agarrando por ali. Ele chegava, pegava as filhas e a mim pelo braço, arrastava para casa, gritando. Xingando. De uma vez, minha avó tentou me defender, ele deu uma bofetada na cara dela. A mãe dele.

Um dia, ele me encontrou na esquina, dez horas da manhã, conversando com um colega de escola. Fez o mesmo escândalo, me arrastou para casa, ficou no quintal gritando, gritando, não me lembro as palavras, é como um filme mudo, minha avó tentando acalmá-lo e ele me acusando de ser uma piranha ou estar a caminho de me tornar uma. Eu não sei.

Sei que eu segurava nas mãos um saquinho de papel pardo, pequeno, e dentro do saquinho estava uma gilete que tinha comprado no armarinho. Eu comprei para raspar as pernas. Ele continuou falando, eu abri o saquinho, abri a embalagem da gilete, peguei a gilete, mandei ele parar se não eu cortava os pulsos, ele continuou gritando, eu passei a gilete no pulso esquerdo, todo mundo correu, ele parou. Não ficou marca, não cortei fundo, foi só a pele, não a veia. Só queria que ele parasse de me xingar.

CORTA

O cara era casado. Minha mãe queria que eu vendesse uns terrenos dela para ele. Ele começou a dar em cima de mim, ela comprou fiado um macacão florido que era para eu usar sem nada por baixo, porque marcava muito. Ele combinou um jantar para sábado, não pode, é claro, era casado. Remarcou para um dia de semana, início da noite, eu tinha 16 anos, não sabia que homem casado sai com outras mulheres cedo para usar compromissos de trabalho como pretexto para chegar tarde em casa. Fomos jantar na Barra, ele morava em Ipanema, quase Copacabana, eu soube depois. Não tive coragem de usar o macacão.

Depois do jantar, acho que foi na sobremesa, eu pedi morangos com *chantilly,* ele depois de muitos elogios ao meu decote, aos meus seios, às minhas pernas, disse que me queria. Eu disse que era virgem, ele disse que isso não importava. Deu trabalho convencê-lo a me levar para casa.

Ele não foi violento, só insistente. Depois disso, ele esfriou, não telefonava mais, não quis comprar os terrenos.

Um dia, uns três anos depois, eu estava almoçando num restaurante e ele estava lá, numa mesa com outros homens. Eles riam de alguma coisa que ele contava. Pelo menos eu achei que riam de alguma coisa que ele contava. Podia não ser. Eu não me lembro do nome dele. Nem do rosto. Não dava para prestar atenção demais nas coisas, naquela época. Não gosto mais de morango com *chantilly*.

CORTA

Fui morar com ele depois de uns quatro ou cinco encontros e muitas cartas. Ele viajava muito, daí as cartas. Não gostava de praia, de boate, de me ver nua fora da cama. Ah, também não gostava das minhas mãos ou da minha boca no seu corpo. Sentia cócegas.

Ele gostava que eu reagisse ao que ele fazia. Esperava eu gozar, depois me comia. Nas poucas vezes que ele me comia. Eu achava o máximo aquela generosidade. Me esperar. Nos intervalos, semanas, uma vez durou meses, ele me dava as costas na cama, afastava minha mão quando eu tentava excitá-lo. Eu chorava, brigava, implorava para que ele mudasse.

Quando ele terminou comigo, eu não sabia mais chupar um homem. Perdi o jeito.

CORTA

Me apresentei ao filho do meu pai. Ele me abraçou forte, parecia feliz de ter encontrado uma meia-irmã. Conversamos muito. Depois ele me levou em casa, estacionou o carro e me puxou para um abraço de despedida. Ele enfiou os dedos no meu ouvido direito enquanto murmurava com a voz emocionada: "eu sempre quis viver uma relação de incesto". Me separei dele, fiz de conta que eu não tinha entendido. Talvez eu não tenha entendido. Na dúvida, não briguei com ele. Eu queria muito ter um irmão.

CORTA

Quando eu aparecia no trabalho do meu pai para pegar a pensão, ele dizia que "se não fosse a extraordinária semelhança física, eu diria que não existe chance de eu ser o pai". Eu tinha 12, 13 anos, não sabia o que dizer, brigava, ele contava para os outros sobre como eu era agressiva. Me aferrava nas afirmações de minha mãe: se ele não fosse o pai, por que daria o dinheiro?

O problema é que o dinheiro era pouco e ela gastava uma boa parte em negócios de compra e venda que não davam certo. Eu voltava no meio do mês para pedir mais dinheiro, era outra briga. Um dia, eu consegui a muito custo, fora do dia certo, arrancar dele uma nota qualquer, sei lá, uma nota de cinco, e um gaiato viu o gesto entediado dele dando o dinheiro e gritou: aí, garota, arrancando grana do velho, hein! Meu pai não se voltou para me defender, eu fiquei ali, parada, com o rosto vermelho de vergonha, na minissaia e na blusinha *hippie* que me pareceram bonitas quando peguei o ônibus para o Centro. Não eram bonitas. Eram roupas feias e suburbanas. Como eu.

CORTA

Eu não sei por que eu me cortei. Sei que eu avisei para minha mãe que não tinha dinheiro para pagar o aluguel dela no dia, ia atrasar um pouco. "Não precisa, eu pago, graças a Deus tenho o bastante", foi a resposta altiva. No início do mês, ela disse que tinha depositado o dinheiro, disse até quanto foi, os centavos e tudo. Eu acreditei.

Uma semana depois, o proprietário ligou, era mentira. Eu telefonei para ela, na maior calma, nem chamei de mentirosa, só disse que não precisava fazer isso. Ela me passou uma descompostura, tinha mais o que fazer do que aturar os meus chiliques. Aí eu saí e bebi. Não bebi muito, mas lembro que já voltei cochilando no táxi, a cabeça latejando.

Em alguma hora, eu comecei a me cortar. Depois que entrei em casa. Depois que eu percebi que havia acreditado nela de novo.

CORTA

Ele acabou de assistir ao vídeo em silêncio, não dava para saber o que ele pensava pela expressão. Ela se mexeu inquieta na cadeira, como se fosse fazer algum comentário, desistiu, não queria estragar tudo depois de tanto esforço para tomar coragem e mostrar para ele o vídeo quase caseiro.

– O que acontece depois? – ele perguntou enquanto ela colocava a fita para rebobinar.

– Os psiquiatras comentam o caso, acham que ela é masoquista, um defende o uso de antidepressivo, outro de terapia, os três concordam que ela deve ficar internada mais algum tempo, fazem prognósticos...

– E a mãe?

– Eu pensei em a mãe aparecer para levá-la para casa, lutar para tirar a filha de lá.

– De jeito nenhum, se você fizer isso está redimindo a mãe. Diagnóstico de masoquismo! Porra, eu não agüento esses especialistas...

– Eu pesquisei antes de escrever... Eles argumentam que ela tem um padrão, procura um certo tipo de homem, repete o abuso psicológico...

– Besteira. Ela acha esse tipo de cara, é diferente. E ela resiste um bocado a eles, isso não é masoquismo, é falta de oportunidade.

Os dois ficam em silêncio, olhando um para o outro, ela desvia os olhos primeiro, sempre é ela que desvia, ainda mais agora. Sua primeira tentativa com ficção, dependendo da aprovação dele. Muito desconfortável.

– Você gostou da atriz?

– Mais ou menos. Muitas caras e bocas, amarga demais, um pouco histérica. Você não deve se envolver com escolha de elenco ou direção, pelo menos não na primeira vez que escreve.

– Eu sei, mas... – Ela tentou usar as palavras certas. – Eu queria muito mostrar para você na tela as chances do roteiro. Não queria simplesmente chegar aqui e vender a história de uma mulher abusada a vida inteira e que é internada porque se mutila.

– Não é assim que eu imagino essa mulher que você escreveu. – Ele andou até onde ela estava, se encostou na parede e a puxou para si. – Imagino uma mulher mais reservada, do tipo que se precisa conhecer um pouco para ver o quanto é atraente.

– Sem apelo sexual? – Ela escutou a própria voz trêmula de emoção, não conseguia evitar. Como não conseguia impedir que ele desviasse o assunto. O horário na agenda dele era curto e era para mostrar o vídeo. Só.

– Com muito apelo sexual quando se põe a mão – disse ele apalpando-a por debaixo da saia. – Vem, vamos experimentar a mesa de reunião.

– Não. Deixa eu pegar em você primeiro – pediu ela.

Ele a soltou, deixando os braços ao longo do corpo, ela abriu a calça dele, ajoelhando onde estava e o chupou devagar, parando de vez em quando para conferir a expressão de deleite dele. Os olhos dele estavam fechados, as mãos nos cabelos dela, despenteando o corte feito pela francesa, corte especial para tomar coragem para exibir a história. Ela adorava chupá-lo e adorava o quanto ele adorava ser chupado por ela. O quanto não resistia à menor oportunidade de agarrá-la. O vídeo, a reunião que teriam com a equipe, se ele aprovasse a idéia, tudo fora do mapa porque ele começara de novo. Sempre começava.

Ele não permitiu que ela o fizesse gozar, o desejo dela, desde o dia em que começaram com aquela maluquice, era excitá-lo tanto que ele não pudesse escolher a hora ou o lugar. Mas isso nunca acontecia, porque ele escolhia. E se ele dizia que a escolha era a mesa de reuniões com o mundo lá fora esperando, era na mesa que ele a deitaria e alisaria suas costas e seguraria seus quadris com as mãos longas, antes de entrar nela.

Meia hora depois, os dois caminhavam rápido, atrasados como estavam para o encontro com a equipe de produção, quando ele a parou:

– É sempre bom demais, mas precisamos, um dia, fazer num lugar que a gente tire toda a roupa, dê tempo para experimentar outras coisas...

– Um dia em que você não tenha excesso de trabalho ou sua mulher esperando...

– Um dia em que você possa tirar a roupa para mim, dormir comigo, talvez uma viagem de trabalho. Que tal? – perguntou sorrindo, ignorando o comentário dela sobre a mulher dele.

– Eu não sirvo para você. Pode acreditar.

– Deixa que eu julgo isso. E não esqueça que eu não quero nenhuma cena redimindo a mãe. Só ela, os psiquiatras babacas e o cara que vai salvá-la.

– Não tem nenhum cara no roteiro – disse ela afrontada com o mandonismo dele.

– Ah, tem que ter. Você não vai contar uma história triste de uma criança abusada, uma adolescente abusada, uma mulher mal comida, sem que apareça algum homem que sirva pelo menos para trepar direito.

– Existem mulheres que passam a vida sem achar um homem que trepe direito.

– Coitadas delas, mas essa mulher não. Ela pode demorar o tempo que você quiser, mas vai acabar achando, é do tipo que as entranhas se derretem, pode até se cortar antes, mas ela acha. – Ele parou e segurou-a pelo pulso direito, eles estavam há metros dos candidatos a diretor e produtor do filme. – Onde mesmo que ela se corta?

– Nos braços – ela respondeu olhando sobre o ombro direito dele.

– Nos dois?

– Nos dois.

– São Paulo, amanhã de noite. Vamos na ponte de sete, manda minha secretária reservar as passagens. Deixa para fechar o roteiro depois.

– Então nós vamos fazer? – Ela estava exultante. – O filme?

– Claro que vamos. Você tinha alguma dúvida?

– Eles vão preferir ler o roteiro inteiro. Eu tenho medo de que eles não entendam. – Ela queria postergar o momento de mostrar para mais alguém.

– Eles vão esperar nós dois voltarmos de São Paulo. O vídeo já dá um caldo bom para vocês três discutirem, para mudar umas coisas, especular sobre outras.

– Você não vai ficar na reunião?

– Só para dizer que aprovei a idéia, autorizar eles a tocarem a produção. – Ele olhou para ela com a expressão lisa que ela chamava de "homem no comando, frio, distante, impenetrável" e sorriu "homem que talvez esteja muito interessado em mim". – Não dá para falar mais agora. Pare de ficar me classificando e vá enfrentar as feras. Você sabe que pode. A gente acerta tudo amanhã à noite.

– A gente nunca vai acertar tudo.

– Vai sim. Por mais que você fuja disso, a gente vai.

O diretor e o produtor se aproximavam, ele engatilhou a expressão "homem que sabe tratar outros homens da equipe", mas ainda teve tempo de arrematar:

– Mulher como essa não perde o jeito de chupar, nunca.

CORTA

A PALAVRA ARMADA

How to be a writer. Quando me pediram um título para minha palestra, preferi nomeá-la em inglês, minha língua materna, apesar de amar o português do jeito que os brasileiros falam. Então eu vou falar para vocês sobre como ser escritor, o que faz um escritor, um pouco sobre o que é ser um escritor.

A primeira coisa é que um escritor prefere escrever a falar, talvez prefira escrever sobre todas as formas de expressão, talvez só consiga se segurar escrevendo. Por isso, escrevi o que pretendo contar para vocês e estou lendo em voz alta. Também para não ser atrapalhada por minha timidez meio doentia.

Não sei se existe alguma coisa marcante para se fazer um escritor. Vou tentar resumir o meu caso como exemplo individual, não sei se serve para outra coisa. Por que eu me tornei escritora? Primeiro porque eu gostava de contar histórias para minha mãe e ela gostava de ouvi-las, o que me deixava muito orgulhosa. Era a única coisa pela qual me sentia orgulhosa quando era pequena e me agarrei a isso.

Para vocês terem uma idéia de como era difícil ter orgulho, devo explicar minha origem mista, comum, provavelmente, a muitos de vocês. Sou filha de uma camponesa mexicana, muito pobre e muito linda, recém-chegada à Califórnia em fins dos anos 40, e de um americano cem por cento branco e de família protestante. Os dois se envolveram, ela, uns 17 anos, ele, seus 19, ela ficou grávida.

A família dela ficou furiosa, com ela principalmente por não se manter pura até o casamento com alguém da própria raça. Era assim que eles diziam, nada de cultura ou etnia. Os mexicanos faziam parte de uma raça, os americanos de outra e o fato de os segundos terem tomado milhões de quilômetros de terra dos primeiros que eram obrigados a trabalhar como ilegais na Califórnia não melhorava em nada a situação da minha mãe perante sua própria família. Meu tio daria uma boa surra na irmã ou me afogaria na banheira como um gato se minha tia-avó não o convencesse de que isso era pecado. Não matou, nem surrou ninguém, mas jamais perdoou a irmã pelo mau passo.

Minha mãe morou com a sogra até um ano depois do meu nascimento, as coisas não deram certo entre eles, ela voltou para a própria família.

O resultado é que não apareceu nenhum mexicano correto para casar com minha mãe, mas, como ela era uma baixinha fogosa, dois ou três procuraram namorá-la escondido e acabou que aos sete anos eu tinha quatro irmãos. Morenos, meninos, barulhentos, chorões ou brigões conforme suas conveniências, que foram crescendo criados junto aos filhos do meu tio, mais filhos dele do que de minha mãe, para dizer a verdade.

Assim eu fiquei sendo a única filha, pele muito mais clara do que a dos meus irmãos, cabelos claros, olhos verdes, magra e comprida como meu pai. Talvez ele tenha sido a única pessoa a tratar minha mãe com alguma ternura, talvez a bebida a fizesse pensar assim. Porque ela dera para beber depois do nascimento do último filho com um homem grande e mal-encarado que só sumiu de nossas vidas quando meu tio o botou para correr a tiros de espingarda. O certo é que ela, às vezes, ficava muito triste ou muito alta, o que acabava sendo a mesma coisa, e minhas histórias eram a única coisa que a distraía nesses momentos.

Devo dizer, a bem da verdade, que minhas histórias eram versões, resumos das histórias que eu lia na escola com *miss* Rodriguez, a professora da segunda série. Minha mãe, porém, não sabia disso e, depois que acalmei uma de suas crises de desespero com a história da caixa de Pandora, lida na véspera, ela me elegeu sua escritora preferida.

Eu me tornei escritora, então, por dois motivos. O primeiro, minha mãe. Ela era uma boa platéia porque aplaudia todas as minhas tentativas. Na verdade, na verdade, na palestra original, eu só dava essa razão para a minha escrita.

Minha idéia era chegar aqui e contar o quanto é importante a platéia para um escritor. Platéia e flores, simbolizando aplausos. As duas coisas eu tive com minha mãe. Minha intenção era falar sobre a importância desse apoio como uma forma de estimular vocês a estimularem os filhos a escreverem. Minha intenção era nobre.

Desculpem se agora começo a ser caótica. Confesso que para tomar coragem para fazer esta palestra precisei, antes de chegar aqui, tomar dois conhaques na venda do Antônio com o padre Patrick. Quer dizer, eu bebi os conhaques, ele só bebe cerveja, vocês sabem. Muito em breve vocês terão um belo padre irlandês barrigudo, em vez desse Apolo que está rindo de mim, nesta mesa.

O segundo motivo pelo qual me tornei escritora foi para exorcizar os homens da minha vida. Bom, isso eu estou contando no improviso, vou tentar explicar melhor. Eles negavam de tal forma minhas tentativas de ser feliz que não me deixaram outro caminho, ao final, do que contar as histórias para sobreviver a eles.

Complicado? Exemplos. Antes de escrever meu primeiro livro, fui casada com um pastor. Um homem adorável, líder de uma pequena e devota comunidade não excessivamente conservadora em Santa Bárbara, Califórnia. Nós nos conhecemos em San Diego, onde eu nasci e, da minha parte, foi um sentimento forte.

Quando nos casamos, eu, apaixonada, comprei enfeites para mim e para a casa, com o objetivo de manter sempre um ambiente e uma aparência propícios para o amor. Ele chegava em casa tarde, saía cedo, se envolvia demais com os problemas dos fiéis e, um dia, finalmente, me confessou que não sentia vontade de fazer sexo com freqüência. Uma questão de prioridade. Uma vez a cada 15 dias era o suficiente. Durante os anos em que fomos casados, eu me desesperei com essa barreira, mas não o deixei, apesar do ressentimento e da tristeza que me adoeceram.

Os longos anos nesse regime de pão e água me deixaram um tanto ou quanto descrente da minha capacidade amorosa. Mas eu achava desleal contar para quem quer que fosse essa história e ficava em casa rangendo os dentes pelo descaso dele.

Um dia, porém, uma amiga me convidou para acompanhá-la ao Brasil. Uma praia do Nordeste, paraíso selvagem. Meu marido achou ótimo que eu viajasse, acho que estava cansado da minha permanente infelicidade que ele não conseguia resolver.

No Nordeste do Brasil, conheci um sujeito mais novo do que eu, bonito, charmoso, alegre. Um príncipe. O jovem me seduzia até o desespero, mas na hora do sexo se concentrava exclusivamente no prazer dele. Eu ficava esperando mais e mais e o mais nunca vinha porque ele tinha algo muito importante a fazer depois e precisava ser rápido. Quando eu insistia, ele tentava, mas não tinha ereção. Dizia que era impossível fazer sexo pressionado. Não melhorou em nada meu sentimento de que existia alguma coisa errada comigo.

Quando voltei para os Estados Unidos, tentei me separar com a justificativa de que era uma adúltera, mas meu marido não aceitou. Continuamos juntos, eu cada dia mais doente, culpada, me dedicando aos negócios da igreja.

No decorrer da última etapa de minha jornada conjugal, tive um problema de saúde, uma indisposição gástrica que me incomodava bastante. Um médico da nossa congregação me indicou elixir paregórico o que aliviou o desconforto. Aos poucos, o remédio me deu uma tranqüilidade que acalmava a minha angústia e, acredito, fazia do meu casamento um espaço mais sereno. As gotinhas amargas num copo d´água diminuíam os conflitos na minha casa.

De repente, meu marido começou a não fazer mais sexo comigo. Nada. Um mês, dois meses, seis. Um dia, ele me chamou para conversar, achava que nós não tínhamos mais nada em comum, podíamos ser amigos, como bons cristãos que éramos. Acabamos nos separando e ele, em seguida, se casou com uma mulher abertamente sensual e nada dedicada a sua vida religiosa. Os dois vivem muito felizes.

Depois disso, eu passei uns três anos com o coração partido, sonhando e esperando, sem coragem de me arriscar. Um dia, conheci um brasileiro que estava na Califórnia a trabalho, um homem mais velho, amigo, atencioso, *great kisser* – me desculpem falar em inglês, mas não conheço expressão equivalente na língua de vocês. Ele beijava como ninguém, pelo menos me beijou assim uma vez que saímos para jantar num restaurante italiano em Montecito, na véspera de sua volta para o Brasil. Foi sincero, me contou que era casado, mas me convidou para visitá-lo.

Foi assim que eu vim parar aqui. Passamos um final de semana na chapada dos Veadeiros. Ele foi apaixonado, texto mais romântico impossível, entre copos de Campari e iguarias de jacaré e capivara. Na suíte do hotel, cenário idílico, grandes preliminares, ele falhou.

Eu o excitava demais, ele disse. Todas as vezes que tentou, não dava certo e ele bebendo, bebendo e me beijando e falando todas aquelas coisas lindas, na língua maravilhosa de vocês, mas sem conseguir ir adiante. Nas minhas contas, o terceiro fracasso.

Ele voltou para casa, eu fiquei por lá uns dias, alguém me falou de uma cidade histórica a quilômetros dali onde eu poderia alugar uma casa antiga por poucos dólares.

Voltando ao que preparei por escrito para contar a vocês. Vim para essa terra e não me arrependo. O clima é bom, a comida é gostosa, a vida é barata, fiz bons amigos, freqüento a casa de dois padres casados, ex-padres, melhor dizendo, porque eles não podem mais exercer o sacerdócio, mas participam da vida das paróquias porque o bispo deixa. As missas participativas e as quermesses com dança me fizeram recuperar a fé da minha infância.

Resumindo, eu me tornei escritora porque minhas histórias acalmavam a tristeza da minha mãe e acalmam a minha tristeza. Cheguei aqui, escrevi um livro sobre um homem jovem que se casa com uma moça que havia se preparado para ser freira e que passa a vida adorando a Deus e deixando que o marido se entregue à bebida porque ele não consegue traí-la com outras mulheres, trocá-la por outra mulher. Meu agente nos Estados Unidos vendeu bem o livro, isso me permitiu continuar, escrever outros.

Uma experiência que vivi recentemente na paróquia abriu meu coração para outros aspectos das histórias das pessoas e eu começo a escrever uma história para crianças sobre isso. O livro talvez se chame *Gata sem pata, uma aventura em Goiás*. Talvez, porque títulos sempre mudam e o editor, inclusive, pode não gostar desse. "Goiás, o que é Goiás, quem sabe onde fica Goiás?" É possível que ele diga isso e os editores estão sempre certos. Escritor aprende rápido a se submeter à idéia.

A experiência que mudou meus sentimentos sobre exposição pública de sentimentos aconteceu semana passada. Quando padre Patrick foi a minha casa me convidar para essa palestra. Ele estava a caminho de um círculo bíblico e eu acabei acompanhando-o, pela primeira vez.

No início, senti o constrangimento que sempre me acomete quando vou na casa de um de vocês, porque as mulheres ficam na cozinha e os homens na sala e isso me parece desigual e injusto como as reuniões da minha família mexicana, na minha infância.

Enfim, ali estava eu, no meu primeiro contato com uma Comunidade Eclesial de Base, assistindo à discriminação até no estudo da palavra de Deus. Depois da leitura de um trecho da Bíblia que estávamos usando, uma versão bem ao alcance do povo, letras grandes, texto claro, me deu uma coisa, uma necessidade de comparar a minha experiência como mulher à palavra do Evangelho e a discussão pegou fogo e houve tanta sinceridade e comunhão entre as mulheres que alguns homens se juntaram a nós.

Eu me senti orgulhosa dessa participação e confiante de que, algumas vezes, precisamos nos mostrar para quem está mais próximo, sem medo de escandalizar ou ferir quem quer que seja.

Pensando bem, e abandonando mais uma vez o que escrevi, acho que outras coisas também me influenciaram a contar essas histórias hoje. Não foi só o conhaque.

Alguns de vocês devem estar espantados com a minha franqueza sobre as dificuldades que enfrentei, dificuldades, inclusive, sexuais. A bebida me fez sentir mais relaxada, mais feliz, mas o estopim do que estou falando é a raiva. Vou tentar explicar, no improviso de novo, o peso de outra experiência.

Foi um almoço na casa de Gercino, o coordenador da Comissão Cultural do Sindicato. Isso deve ter uns dois meses, um pouco mais. Ele tem vários filhos e uma filha e me espantou o quanto o caçula, que tem seis anos, é mimado. Os pais fazem todas as suas vontades. Eu perguntei, o mais delicadamente que pude, se eles não tinham receio de estragar o menino. Gercino respondeu que não. Com os outros filhos homens eles fizeram o mesmo. Quando os meninos chegam à idade de oito anos, Gercino prepara uma enxada, do tamanho que eles possam trabalhar e os acorda de madrugada, vão para o trabalho na roça, igual aos mais velhos. O mimo acaba, eles sabem que é assim.

Na ocasião, eu pensei: como os brasileiros são sensatos e equilibrados na educação das crianças. Mas aí eu percebi que a filha mais velha do Gercino, Sirleide, passou o tempo todo ajudando a mãe na cozinha e nenhuma das duas dizia uma palavra durante toda a conversa e ele dava ordens para a menina e ela trazia os pratos e nem ele, nem os filhos, irmãos dela, ajudavam. Observei, não disse nada, nem diria hoje, aqui, se não fosse uma coisa que aconteceu entre o almoço na casa do Gercino e esta palestra.

Eu descobri, um pouco tarde, que elixir paregórico é um opiáceo que vicia. O remédio que tomei durante 13 anos, que ajudou a manter a última fase do meu casamento, que me tranqüilizava tanto, não resolve o meu problema de saúde e, o que é pior, me dá uma paz de viciada.

No choque com a notícia que recebi há umas seis semanas, quando fui para um exame de rotina na capital, parei com o remédio. A paz foi embora. Me descobri, de súbito, uma pessoa ressentida com o passado, irritada com o que não tenho e impaciente com os pequenos, médios e grandes pecados alheios. Uma bruxa, em resumo.

Nesse ritmo frenético de sobreviver ao abandono do vício e à minha própria história, fui procurada por Gercino para fazer esta palestra na Semana de Cultura do Sindicato. À primeira observação dele sobre a importância da participação das mulheres camponesas na transformação social, eu tive um ataque. Não existe outra palavra. Tive com Gercino uma convulsão de ódio contra todos os homens que se metem a controlar mulheres usando a rejeição, principalmente, como arma. A rejeição do carinho de pai com a filha, no caso dele. A rejeição da solidariedade dos irmãos, no caso dos filhos dele, a rejeição dos maridos que perdem o interesse pelas mulheres que ficam na cozinha cuidando da vida doméstica para eles. Como os maridos daqui. Como o meu ex-marido.

Devo dizer a vocês que Gercino pode ser um brasileiro machista, preconceituoso, mas é um homem valente. Porque ele não fugiu do meu espetáculo. Ele escutou até o fim, contou histórias que explicam, ou influenciam, tanto faz, sua atitude, prometeu que prestaria mais atenção, dali por diante, nas cenas em que ele e a filha atuassem juntos para descobrir se existe outra forma de se relacionar com a menina. Pode ser que ele consiga, pode ser que não. O importante é que, pela primeira vez, na minha vida, eu disse a minha fala, na hora em que senti alguma coisa. Não deixei para escrever dez anos depois num livro que contasse uma história levemente parecida.

Ser escritor, então, é ser viciado em histórias. É processar tudo como histórias. Algumas vezes, esse vício faz com que eu não consiga dizer ou fazer alguma coisa relacionada com a vida. Não deve ser bom substituir vida por papel, mas quem disse que dá para se fazer o que é bom o tempo todo?

Algumas coisas, por outro lado, são impossíveis de serem vividas. A vingança, por exemplo. Quando eu era pequena, ouvi meu tio me comparando com meus irmãos. Eles eram homens, eram buliçosos, batiam bem, eram capazes de cultivar uma briga por meses. Com outros garotos, com professores, comigo. Eu contava histórias para minha mãe carente e problemática e sempre arranjava, dentro de mim, uma desculpa para ela, para o meu pai sumido, para os tapas dos meus irmãos. Estilos diferentes. Meu tio, porém, acreditava que o problema não era estilo. O problema era de fabricação. Diluição do sangue, enfraquecimento dos ossos. Ele fez a seguinte síntese a meu respeito: essa menina tem espinha de geléia. Como eu poderia, na vida real, aos nove, dez anos, reagir a este epíteto? Dando um chute nele, gritando, xingando, provando com um prato ou uma espingarda minha valentia? Eu não seria capaz, não estava em mim. A vingança está nas minhas histórias, quando ofereço, a quem lê, o destino dos meus personagens adultos que perseguem e massacram gente mais nova ou mais fraca do que eles.

Voltando para o texto que eu escrevi sóbria – porque não combina escrever e beber ao mesmo tempo, a palavra se perde, fica confusa – o restante do serviço de um escritor é treino. Escrever, escrever, escrever. Corrigir, corrigir, reescrever. Conferir se o que está escrito é fiel à história, antes de tudo, aos personagens, aos nossos sentimentos. Isso não é fácil e também precisa ser treinado. Um grande pensador alemão disse que o problema de olhar para dentro do abismo é que o abismo também olha para dentro de você. É preciso coragem para olhar e ser olhado. Meu orgulho maior é que isso eu tenho. Obrigada.

O agente Pereira releu a transcrição da palestra mais uma vez, já irritado com a tal escritora, atrasada, pelo menos, uma hora. Quanto mais relia aquelas páginas – da palestra gravada secretamente no sindicato – mais se convencia que aquela mulher tinha ligações políticas. A esquerda seria idiota de não aproveitá-la.

A delegacia ficava na rua do lado esquerdo da única praça de Umburana. Do lado direito, o Sindicato de Trabalhadores Rurais. No centro, a igreja de Nossa Senhora do Pérpetuo Socorro. Numa transversal, quase um beco, a casa alugada pelo padre irlandês com o dinheiro da paróquia. Ela morava numa travessa do beco onde morava o padre. Três minutos de caminhada. A demora era uma provocação.

O padre jovem, moreno e alto falava um português quase perfeito e encantava as paroquianas de todas as idades com seu riso e seus olhos azul-escuros. Não foi difícil convencer o Conselho paroquial a destinar à educação de adultos a casa colada à igreja, a casa onde morara o padre que o antecedera. No bangalô, o padre podia receber gente, escutar música até tarde, quem sabe arranjar uma namorada. Alguns homens da cidade duvidavam que o irlandês se mantivesse casto e celibatário com aquela aparência. Eram muitas as moças que se engajaram em atividades sociais depois de sua chegada.

O agente federal levantara essas informações com os dois cabos e um soldado da Polícia Militar locados na delegacia. Eram os três da capital, um deles batista, não sentiam dever de lealdade ao pároco, nem à cidade. O delegado era diferente. A mulher, muito católica, adorava o bispo, participava das atividades comunitárias. E ele adorava a mulher.

– Vão ter que me provar que esse padre é comunista. As italianas, tudo bem, saem da terra delas para botar caraminholas na cabeça do mulherio daqui, devem ser esquerdistas mesmo. Mas esse Patrick bebe com a gente no bar, joga sinuca, bate bola com os meninos. Você já viu comunista jogar bola e sinuca? Vocês na capital não têm o que fazer.

– Ele está organizando os camponeses, o médico do sindicato me disse...

– O médico do sindicato é um vigarista que atende mal e porcamente os trabalhadores, fica se gabando de que sabe receitar cinco mil remédios e de esquistossomose e Chagas que é bom, não entende nada.

O agente era chamado de Pereira, mas seu nome de batismo era Ronaldo. Sua função ali era investigar a organização paralela que estava sendo criada entre os trabalhadores rurais. O bispo era conhecido por apoiar padres que largavam a batina para casar, padres ex-presos políticos, padres que vestiam calças *jeans* e blusão de operário e moravam na mesma casa com agentes pastorais vindas do estrangeiro. Italianas, a maioria. Era a tal Teologia da Libertação que mantinha o governo do estado, as forças de segurança, a Polícia Federal em constante irritação.

O delegado estava ali por indicação política, obedecia às ordens vindas de cima, mas se permitia discordar de algumas iniciativas e suspeitas de Pereira.

– Não sei por que você cismou com essa escritora. É gringa, não participa de reuniões com os trabalhadores, só faz ir à missa. Isso é conspiração também?

– Ela fez uma palestra no sindicato para os associados, palestra promovida pela comissão cultural. Todo mundo sabe que a comissão está sendo preparada pelos padres para derrotar a atual diretoria e aparelhar o sindicato para os comunistas.

– Mesmo que o plano seja esse, ela não falou nada demais. Eu escutei duas vezes a fita, uma delas com você. A mulher conta umas histórias da infância dela, da adolescência, coisas que aconteceram nos Estados Unidos.

– Se você não achava importante, por que mandou gravar a palestra da americana?

– Porque eu mando gravar tudo o que acontece no sindicato, ninguém sabe o dia de amanhã. Eu gravo até as reuniões dos círculos de Bíblia, se minha mulher descobre, me mata.

Quando o delegado disse isso, o agente sorriu. Dr. Miguel era um sujeito cordato, de bem com a vida, bebia muito e comia mais ainda os pratos locais feitos à base de milho e carne de porco. A mulher do delegado, D. Engrácia, era morena, baixinha, magra, fazia um casal de contraste com o marido grandalhão, louro, de olhos claros. Era um doce de pessoa, a voz sempre baixa, o marido comia na mão dela. Ótima cozinheira, por sinal, convidava dia sim, dia não, o agente da Polícia Federal para um almoço, jantar, lanche.

Aliás, o Pereira já sentia apertar o cós das calças que trouxera na bagagem. Pamonha no café da manhã, costela frita com canjiquinha no almoço, curau de milho verde a torto e a direito, ia perder a linha naquela cidade, se não fosse embora rápido.

O soldado Everton entrou na sala com um olhar de expectativa. Pereira esperou que ele falasse:

– Está aí. A americana. Deixo esperando?

– Não. Manda entrar.

Ele levantou para recebê-la. Cabelos castanhos escuros, um pouco grisalhos já, cheios e desarrumados, na altura dos ombros. Olhos verdes, pele queimada de sol, não morena, tostada, no rosto, no pescoço, nos braços, mas ele podia apostar que, nua, ela era bem branca. As confidências sexuais. Sabia que se não fosse a referência à brochice do ex-amante, ele não estaria especulando sobre a cor da pele dela. Algumas mulheres falam mais do que deviam.

Ela vestia uma saia comprida, rodada, cor de vinho, e uma bata bordada branca com um laço puxando perto do pescoço, ela lembrava as *hippies* que passavam pela capital buscando lugares como a chapada dos Veadeiros ou sítios místicos próximos a Brasília, mas isso já fazia uns dois ou três anos, ela estava fora de moda. Ele não tinha visto nenhuma foto, antes da convocação para ir à delegacia, lembrou de um trecho da palestra, ela parecia mais viciada em maconha do que em elixir paregórico. Ex-viciada. Segundo ela mesma.

– D. Christine Alvarez? Meu nome é Ronaldo Pereira, sou da Polícia Federal. Fui eu que lhe convoquei, pode sentar.

Ela sentou e ficou olhando para ele, quieta, ele pensou se ela estava se preparando para colocá-lo numa de suas histórias. Como ela havia feito com o ex-marido, o tio, o amante baiano, o ex-deputado de Brasília que ele investigara. O homem pelo qual ela se transferira para o Brasil.

– A senhora deve estar curiosa pelos motivos de estar aqui. Talvez até apreensiva.

– Um pouco curiosa. Apreensiva não.

– Eu serei direto. Nós estamos investigando seus contatos brasileiros.

– Eu não tenho contatos brasileiros. Tenho amigos brasileiros. O senhor quer saber sobre qual deles?

– Bom, podemos começar pelo Gercino, o presidente da Comissão Cultural do Sindicato. – A segurança com que ela agia começava a incomodá-lo.

– Não sei muito. Almocei com a família dele uma vez, ele foi até minha casa outra, para me convidar para uma palestra no sindicato e estivemos juntos na palestra.

– A senhora costuma ter "convulsões de raiva" com homens que só encontrou três vezes? Costuma tentar ensiná-los como educar as filhas?

– Quem contou isso para o senhor?

– Eu faço as perguntas, D. Christine.

– O Gercino só tem uma filha e eu não costumo ter convulsões de raiva. Eu usava um remédio que me deixava calma demais, parei de tomar, estou custando a encontrar um limite de convivência com meu próprio gênio.

– Como foi, ou como é, sua convivência com o ex-deputado Sampaio Gomes? A senhora o conheceu na Califórnia, não foi? Conviveu com os amigos dele por lá?

– Não conheci amigos do ex-deputado. Só conheci ele. Nossa convivência foi rápida, nos vimos em três ocasiões, jantamos uma vez, na Califórnia.

– E passaram um final de semana juntos numa pousada na chapada dos Veadeiros.

– Chegamos separados, estávamos em quartos individuais, senhor... como é mesmo o seu nome? Lembrei. Pereira.

– Passaram muitas horas juntos, tomando Campari e saboreando, entre beijos, jacaré e capivara.

Ela ficou pálida sob as sardas e ele sentiu um pouco de vergonha pelo que estava fazendo. Uma coisa era interrogar um homem que pegava em armas, treinado para lhe dar um tiro se, por acaso, o encontrasse em alguma esquina escura, a serviço do latifúndio goiano, dos militares fascistas, do imperialismo americano, como justificavam em seus panfletos. Praticamente estavam extintos esses homens e algumas mulheres que os acompanhavam. Pereira fizera parte dos interrogatórios e das caçadas que levaram à extinção e não sentia remorso. Nem prazer. Era o seu trabalho. A mulher à sua frente não era a mesma coisa.

Provável que ela estivesse, apenas, um pouco encantada com o padre. Todas por ali estavam. Ou pelo Gercino, o camponês magro e alto. Ele era casado. Mas o ex-deputado também e ela não se incomodara de acompanhá-lo no final de semana. Qual desculpa ele dera em casa? Isso Pereira não sabia.

– O senhor pode ter seguido o Hélio de Brasília até a pousada ou pode ter mandado alguém segui-lo, mas não teria como saber dos beijos que não eram públicos. Vocês o prenderam e torturaram como fazem com todo mundo?

– Não preciso prender ou torturar um homem que nem é capaz de funcionar na cama com a amante para saber esse tipo de informação... – Pereira foi áspero, mais do que havia planejado, a mulher estava deixando-o irritado.

– Quem está municiando o senhor com essas informações? Isso é pessoal, íntimo, não tem nenhuma relação com o seu trabalho. Por que o senhor está preocupado se eu fui amante do Hélio ou se ele funciona ou não funciona? O senhor precisa ser tão grosseiro?

A notícia do fracasso sexual ou amoroso é um dos melhores caminhos para intimidar a pessoa que se interroga, ensinara o psicólogo num dos primeiros cursos que ele fizera na polícia. Não ia dizer isso para ela.

– Às vezes, homens contam coisas para amantes, mais, talvez, para as amantes com quem fracassam. Uma forma de se justificar. “Estou trabalhando demais, preciso esconder gente em casa, isso me deixa tenso, tenho medo da polícia me seguir.” Qualquer desculpa dessas é importante para o meu trabalho. E qualquer uma é melhor do que “você me excita demais”. Essa desculpa é idiota, joga a culpa para cima da mulher.

– Vocês gravaram a palestra. Foi isso, não foi? Eu sou a informante porque bebi dois conhaques e falei mais do que havia escrito. – Ela estava quase chorando.

– Ele deu alguma dessas informações? Alguma dessas desculpas? Sim ou não?

– Não, não deu. Tudo aconteceu como eu contei na palestra.

O rosto dela estava desolado. Pereira esperava não estar prestes a entrar na sua lista de homens de desagradáveis lembranças. Mas o que ele podia fazer? Tinha certeza de que os padres da diocese, o irlandês, o italiano, o outro bonitão que conseguira sobreviver à tortura há oito anos e agora atuava ali, todos eles faziam parte de alguma coisa nova, muito mais eficiente e preocupante do que os esquemas que ajudara a desbaratar nos finais de 60, nos primeiros anos daquela década. Se ela possuía informações sobre o esquema, era seu dever arrancar esses dados.

– A senhora conhece algum vínculo entre esse seu... – ele hesitou um momento – amigo, Hélio, e os padres ou agentes pastorais daqui?

– Nenhum vínculo. Ele nunca me falou do bispo, do padre, nem da cidade ele falou. Quem me deu informações foi uma mulher que jogava tarô na pousada. Eu estava triste, me sentindo mal, queria fugir para algum lugar, a notícia dessa cidadezinha me soou bem. Alguma coisa já soou assim para o senhor?

Pergunta perigosa. Ela estava tentando virar o jogo. Era comum quando se interrogava mulheres. Elas tinham uma capacidade de manipulação maior do que a dos homens. A resposta seria: a sua palestra. Mas ele não seria idiota de entregar essa informação.

– E as preocupações de transformação social do Gercino? Elas surgiram depois que o padre Patrick chegou na região?

– Eu acho que as preocupações do Gercino não são por causa de um padre que veio da Irlanda, da Itália ou de qualquer outro lugar. Ele está preocupado com amigos de 25, 30 anos inutilizados para o trabalho porque moram em casas tão ruins que não têm paredes para protegê-los de barbeiros. O senhor não tem vergonha de morar num país em que um mosquito deixa inválidos trabalhadores, mulheres, crianças?

O interrogado não pode tomar a liderança do interrogatório com sofismas éticos que debilitem a intenção do interrogador, qual seja, descobrir as conexões do inimigo. Ela estava tentando tomar a dianteira. O pior é que estava conseguindo atingi-lo. A desolação que demonstrava, a revolta estavam excitando-o mais do que a voz meio sonhadora, talvez pela bebida, que ele escutara na fita.

– A senhora não tem vergonha de ter nascido num país como os Estados Unidos que invadiu um país do tamanho do Vietnã e destruiu quase tudo antes de suas tropas serem enxotadas?

– Tenho vergonha. Muita. Por isso estou morando aqui. Eu não tenho vergonha de ter vergonha. O senhor tem?

Ele ignorou a pergunta e continuou sondando, pressionando sobre a tradição terrorista dos irlandeses e anarquista dos italianos, possíveis confidências dos padres ou agentes pastorais sobre planos mais estratégicos.

– Não existem mais terroristas no Brasil, que eu saiba. Aliás, eu pensei que vocês tivessem matado todos. Nas ações de rua, na guerrilha do Araguaia. Porque o jornalista e o operário que morreram em São Paulo há algum tempo foram erro de cálculo de vocês, não foi?

Ele levantou da mesa, sem responder, foi até a janela, ficou olhando a praça, de costas para ela. Pensando no restante do interrogatório, considerando se valia a pena pressionar mais a mulher. Quebrar a tendência de questionar o que se falava ou fazia. Alguns subversivos eram subversivos por essa característica de personalidade. Não conseguiam aceitar a realidade com seus limites. Seria ela desse tipo?

– A senhora acha então que a política que os padres fazem nessa diocese é de outro tipo? O modelo chileno, talvez?

– Não. Eu acho que os padres e o bispo dessa diocese querem uma vida melhor. Para eles, para os índios, para os camponeses. Um desses padres foi torturadíssimo pelo seu pessoal. Acho que os padres querem contar outras histórias. É bom mudar as histórias, de vez em quando. Você não acha?

O interrogado, às vezes, tenta estabelecer um laço de intimidade com o interrogador. Ronaldo Pereira gostou do "você" usado por ela. Estava sendo seduzido, claro, mas não seria o primeiro. Inquisidores mais importantes do que ele já haviam se deixado seduzir por esquerdistas especiais. Fora de tortura e de momentos de violência. Sedução pura. Acontecia. Bastante.

– Para uma mulher que viveu tantos fracassos e está tentando se livrar de um vício, você suporta bem a pressão.

– Eu não gravei as suas perguntas, mas em algum momento você disse que jogar a culpa do fracasso para cima da mulher é uma coisa idiota. Agora os fracassos são meus? Por que eu não tenho informações que confirmem suas suspeitas?

Ele riu. O país já mudou, ele pensou. O atrevimento dela seria impensável há três anos, na época da destruição da guerrilha no Pará, por exemplo. O máximo que ele podia fazer, naquele momento, era prendê-la, levar para a capital e agüentar a aporrinhação das organizações de direitos humanos e da embaixada.

O presidente e seu braço-direito haviam conseguido distender o medo que se tornara crônico nos 12 anos desde a Revolução. Talvez com a ajuda de gente como os padres e os 300 mil grupelhos que ele e seus colegas investigavam e destruíam há anos. Para vê-los surgir de novo.

Levá-la para quê? Ela não sabia nada de substancial, era só uma mulher que falava demais quando bebia, viciada em tranqüilizantes, valente só na hora que estava sem o remédio. Ou ofendida por causa da gravação da palestra.

– A senhora pode ir. Está liberada.

– Assim? Acabaram as dúvidas?

– Não, mas pode ir.

A decepção de um interrogado quando é liberado da pressão, às vezes, rende resultados surpreendentes. Um antigo chefe de equipe do agente Pereira ensinara o macete de suspender a pressão de súbito, anos atrás. Quando eles investigavam uma organização trotskista. Dezoito prisões, 18 confissões, nenhuma morte. Todos absolvidos mais tarde, na justiça militar. Vá se entender os juízes.

Ela recolheu a bolsa de barbante, um acessório *hippie* que combinava com o estilo. Indecisa sobre como cumprimentá-lo, ele podia quase ver a interrogação na sua cabeça. Como, por quê, o que aconteceu. Acabou acenando com a cabeça e saindo.

O agente Pereira ficou na porta da delegacia vendo a escritora se afastar. Ela atravessou a praça, na direção da igreja, ele a imaginou acendendo uma vela para o próprio anjo da guarda, em agradecimento por ter escapado. Aliviada do medo que todos tinham dos órgãos de repressão...

No meio da praça, ela cruzou com o delegado, vindo da sesta em casa, o paletó dobrado em quatro debaixo do braço, a barriga estourando a camisa social. Pereira viu como ela mal cumprimentou, estava com pressa, entrou na igreja, o agente sentiu-se tentado a segui-la, se esconder para escutar sua prece. Ela era estranha. Excitante. Ele realmente precisava ir embora daquele lugar.

– Como foi seu interrogatório? Descobriu que a americana traz o ouro de Moscou para o interior de Goiás na cinta-liga? – O delegado estava do seu lado, provocando-o, mas de bom humor. Pereira era incapaz de ficar com raiva daquele tipo.

– Não. Descobri por que o marido evitava trepar por que o amante baiano foi um caso de ejaculação precoce e o deputado brochou com ela.

– Como é que é?!!!

Pereira riu, jogando a cabeça para trás, prazer puro, escandalizar o delegado, já estava sem paciência com o outro sempre o classificando, sem dizer, como um torturador da capital.

– Brincadeira. Não descobri nada. Os caras deviam ser uns frouxos, nem precisa investigar para saber disso.

– E a investigação sobre os comunistas?

– Acho que esses padres são outra coisa. Mais de acordo com o momento. Não sei. Vamos monitorá-los à distância.

– A escritora convenceu você disso?

– Ela não sabe nada, só as histórias que conta. Você já leu algum livro?

– Não, são em inglês. Ela deu alguns para minha mulher. Enfeitam a estante.

– Eu gostaria de ler, um dia.

– Eu te dou um, minha mulher não vai notar. – O delegado piscou malicioso. – Você vai ler e escrever uma carta de fã depois?

– Acho que não. Vou ler só. Não gosto de correr riscos desnecessários.

– Riscos?

– É possível que o tio estivesse errado. Ela pode não ser a espinha de geléia que ele pensava. Pode ser uma pessoa diferente do que diz ser. Pode ser tanta coisa.

– Então é melhor você nem ler o livro – disse o delegado. – Diminui o risco a zero.

– Não. Até aí eu vou. Pego na sua casa antes de viajar, meu ônibus sai às oito.

– Deixa, eu passo na pensão mais cedo, a gente toma alguma coisa, espero o ônibus com você.

– Você vai perder a hora do jantar.

– Não faz mal, minha mulher espera. Ela não se incomoda.

O delegado e Pereira ficaram na venda onde o ônibus parava, conversando sobre aquele caso e sobre outros, no primeiro drinque. Sobre mulheres que não encontram o homem certo para laçá-las, no segundo. No terceiro, sobre o medo de falhar na cama. Negar fogo. Brochar.

Na casa da escritora, D. Engrácia, a mulher do delegado, escutava o relato do interrogatório, contava os detalhes da conversa com Pereira, trazidos pelo marido.

– Pode deixar que eu vou descobrir quem gravou a entrevista. Tão certo como dois mais dois são quatro, eu arranco essa informação do Miguel.

– Mas por que o Ronaldo Pereira decidiu partir tão rápido? – perguntou Christine despejando o chá de capim-cidreira nas xícaras.

– Sei lá. Miguel acha que esses federais ficam meio paranóicos. Pressão demais.

– Pena. Ele me falou ao corpo. Apesar de direitista.

– Miguel pegou um dos seus livros para dar para ele. Escondido de mim. Talvez você tenha falado ao corpo dele também. Apesar de subversiva.

– Talvez ele leia – disse Christine.

– Talvez entre em contato – disse Engrácia.

As duas bateram as xícaras num brinde silencioso.

A GAROTA DO CHICLETE

Jéssica ouviu o barulho do chuveiro durante 20 minutos. Nenhuma canção. Ele não cantava mais no chuveiro. Nada de Tom Jobim, Zeca Pagodinho, Nando Reis. "Seu noivo gosta de variar, não é?", perguntou uma vez a costureira que vinha em casa, por dia. Ele gostava. Como gostava das novidades que ela armava para a decoração, almofadas novas, colchas de retalhos para a grande cama de casal deles, mantas coloridas para o sofá que enfeitava o jardim de inverno.

Ele gostava de cantar no chuveiro. Gostava da casa de vila que herdara do avô e gostava do fato de ela, a mulher com quem vivia, pensar em formas de torná-la mais bonita. Com o pouco dinheiro disponível, porque eles gastaram muito na reforma. A casa agora estava pronta. Para receber os amigos em churrascos de domingo. Pequenas reuniões para ouvir música ou assistir ao DVD no sábado. Para o filho que eles encomendariam assim que as coisas se estabilizassem.

Era idéia dela esperar. Eles se divertiam juntos em viagens curtas, percorrendo trilhas. Em pequenos motéis no exterior, os dois dividindo a direção do carro, percorrendo distâncias enormes, fotografando, provando comidas estranhas, colecionando receitas e impressões, dormindo exaustos depois de uma transa bem-humorada e um banho de chuveiro.

Ela traduzia a longa convivência deles, do namoro até o casamento não-oficial, em três conjuntos de palavras: companheirismo sem chatice, sexo animado, bom humor. Um pouco de medo de trazer um filho para a vida. Teriam as três coisas nos primeiros anos da criança? Provável que não, era bom aproveitar bastante.

Ele estaria secando o corpo com a toalha, a água do chuveiro não corria mais. Duvidava, agora, se fizera bem em adiar o bebê. Eles eram jovens, pensava. Antes. Ela ainda não fizera 30 anos, ele quase quatro a mais. Um bebê os prenderia ao mesmo lugar por muito tempo. Mas há meses eles não viajavam. Ele precisava trabalhar, às vezes, sábado à tarde, no escritório, às vezes, em casa, agarrado ao computador como se daquilo dependesse vida, carreira, tudo.

Um projeto novo, ele dizia, excitado, numa animação que o fazia calçar o tênis e sair para correr quilômetros, raciocinava melhor quando corria sozinho, justificava quando ela se oferecia para acompanhá-lo. Nessa época, há uns três ou quatro meses, o sexo era alegre, talvez um pouco apressado, mas existia. Como as canções.

Depois, o sexo foi perdendo a animação e acabou se tornando atividade rara. Cansaço, preocupações, não conseguia relaxar.

Às sugestões de convidar os amigos para as tão programadas atividades festivas, ele reagia com desânimo, depois, outro dia, não estava com cabeça, queria ficar em casa sossegado. Um dia, parou de cantar.

Há dez dias, talvez 15, ela não lembrava o dia exato em que da cama, cochilando os últimos minutos antes de começar a manhã, no hábito de deixá-lo usar o banheiro da suíte primeiro, percebera que ele não cantava mais. Respondia com poucas e distraídas palavras às suas tentativas de descobrir o que estava errado.

– Não tenho nada. Claro que não é alguma coisa que você fez. Estou preocupado, só isso. Não, não há nada que você possa fazer para me ajudar. Vai passar, não se desgaste com isso.

Esse podia ser o resumo, a versão mais aproximada do que ele disse nas duas ou três vezes em que ela perguntara o que estava acontecendo. Nenhuma irritação nas respostas. Na véspera, ela insistira, e ele a abraçou, como abraçaria um amigo. E beijou sua testa. Como a um irmão.

Ela atirou as cobertas, levantou da cama, trocou de roupa rápido, *jeans*, um mocassim, blusa e casaco leve. Estava frio, passava a escova no cabelo, em frente ao espelho do armário, quando ele saiu do banheiro, já vestido.

– Você não vai tomar banho?

– Não. Estou com pressa, compromisso urgente. – Ela jogou um beijo para ele, se trancou no banheiro, queria estar do lado de fora da casa, antes que ele saísse.

Passou pela cozinha, no andar inferior, a cozinha que ela tinha decorado, funcional, mas meio antiquada, cozinha de seriado americano, década de 50, *Papai sabe tudo*, a televisão pequena em cima da pia. Ele via o noticiário enquanto comia sucrilhos com leite.

– E o café? Vai sair sem comer?

– Estou atrasadíssima. Você vem almoçar?

– Venho. Vou resolver umas coisas, antes do meio-dia estou de volta.

Ela beijou a testa dele e saiu rápido, da vila até o ponto de táxi eram uns dois quarteirões, queria estar de volta antes de ele tirar o carro da garagem.

Marcelo estacionou perto da praça onde crianças e babás tomavam sol, no morro da Viúva, Jéssica mandou que o táxi seguisse adiante e fizesse a volta, estacionasse um pouco antes do lugar onde ele havia parado o carro.

Chegou no momento em que ele cumprimentava uma mulher acompanhada de uma garotinha. Quantos anos? A menina uns três, pelo tamanho, a mãe não dava para dizer, estava longe. Eles se falaram rápido, ele voltou para o carro, saiu.

– É melhor a gente esperar ele sair primeiro – disse o motorista de táxi, olhando Jéssica pelo retrovisor. – Para ele não perceber que foi seguido.

– Ele já está saindo – disse Jéssica sufocada.

– Vou atrás?

– Não, espere.

A mulher ainda demorou, Jéssica marcou no relógio, dez minutos. Depois, a menina foi colocada no carrinho e as duas foram em direção à avenida Rui Barbosa.

Do seu posto de observação, Jéssica podia ver a mulher a caminhar rápido na direção do táxi onde ela estava sentada, o táxi estava no seu caminho. A expressão dela era de tal sofrimento que Jéssica se assustou.

– E agora? – perguntou o motorista. – Volto?

– Não. Eu vou ficar aqui – disse Jéssica tirando dinheiro da carteira para pagar, incluindo a gorjeta.

O motorista, um senhor de cabeça branca, recebeu o dinheiro e guardou sem contar.

– Dizem que conselho se fosse bom não se dava, se vendia, mas só digo uma coisa, não faça escândalo. É pior.

– Não se preocupe, não vou fazer nada.

Ela andou rápido, a desconhecida que sofria podia já estar dentro de algum prédio. Não estava. Empurrava o carrinho da menina, quase correndo, foi preciso apressar muito o passo para ultrapassá-la na entrada de um edifício antigo, com várias portarias circundando o jardim. Ela podia jurar que a mulher enxugou lágrimas antes de entrar no prédio.

Em uma banca próxima comprou um jornal enquanto sintetizava o que sabia numa tentativa de se acalmar. Ele não cantava mais no chuveiro, não fazia sexo com ela, tocaiava uma mulher num parquinho para trocar três palavras e dois olhares. A mulher andava com uma criança no sábado de manhã, se vestia bem, provavelmente morava no edifício antigo e bem confortável, sofria de olhar para Marcelo, chorava no caminho para casa. Era casada, provavelmente. Os dois tinham um caso. Mais provável ainda. Seu namorado, quase marido, a traía com uma mulher casada, talvez mais velha do que ele. Com certeza mais velha do que ela, Jéssica.

– Por favor, algum apartamento para alugar aqui no prédio? – Os classificados dobrados na mão, os óculos escuros, ela perguntava ao funcionário de uniforme na portaria em que a mulher entrara.

– Sei não, senhora. Só com o porteiro e ele está no terceiro andar.

– Eu tive a impressão de que conheço a moça que entrou aqui, há pouco, empurrando um carrinho com uma menina. Parece com uma amiga que eu não vejo há muito tempo, chamada Clara Figueiredo...

– Não é não. Quem subiu agora foi a D. Ruth, do 302.

– Podia jurar que era a Clara, ela também tem uma filhinha, é casada com um engenheiro, muito parecida.

– A D. Ruth já tem filho grande, não tem essa pequenininha só não, olha aí o porteiro.

Não tinha apartamento para alugar, só um para vender, no quinto andar.

– O senhor está com a chave? Meu interesse é alugar, mas quem sabe...

O porteiro entregou a chave, ela subiu, admirou a vista e a amplidão dos quartos, apartamento de luxo, desceu. O porteiro estava lá, o outro funcionário tinha saído.

– O senhor tem o telefone do proprietário? Vou telefonar, nunca se sabe. – Jéssica anotou o número, guardou a agenda e a caneta. – Quem me falou bem desse prédio foi uma moça que eu conheci no clube um dia desses. Ela me disse que morava aqui, Ruth...

– Deve ser D. Ruth Barbosa, do 302. A senhora conheceu no Fluminense, não foi? O marido dela é tricolor doente...

– Bom, eu vou ligar, tentar uma proposta de aluguel.

– Difícil a senhora conseguir. Ele quer vender mesmo.

– A gente nunca sabe, não é? Tentar não ofende.

Marcelo voltou para o almoço, como havia prometido. Encontrou Jéssica de unhas feitas, cabelo mais curto, escovado, maquiada.

– Você está diferente.

– Resolvi experimentar um salão novo. Um *gay* supersimpático me atendeu. Fez sugestões interessantes.

– Ficou bonito. Uma aparência relaxada.

– Fiz sauna e massagem também.

O comentário dele trazia uma voz triste, ombros largados, como se dissesse: "ainda bem que alguém aqui em casa está relaxado". Ela notou. Em outra época, sentiria pena. Não agora, com a ficha completa da outra e farto material de suposição do caso. Bom aproveitamento do tempo, no salão do Fluminense, na sauna. Informações obtidas num lugar e ampliada em outro. Ruth Afonso, quase 40 anos, casada, três filhos, dois rapazes e uma menina temporã. Marido estressado, ciumento, ela andara adoentada, foi para um SPA no interior de São Paulo, rejuvenesceu. Marcelo fora para um treinamento *outdoor* pela empresa num hotel-fazenda em São Paulo, ficou uma semana lá, voltara revigorado também.

– De repente, a Ruth deu uma caída de novo. Sumiu umas três semanas daqui, eu a encontrei na rua, com as raízes brancas do cabelo aparecendo, um horror. Não sei o que deu nela – confidenciou o cabeleireiro experimentando umas mechas "totais" no cabelo de Jéssica.

Marcelo recolheu os pratos do balcão da cozinha, colocou na máquina de lavar louça.

– Acho que vou deitar um pouco, está um tempo bom para dar uma cochilada, não está? – ele perguntou.

– Não sei. Eu combinei de trabalhar agora de tarde. Preciso preparar um relatório com um cara novo que está acompanhando o meu projeto.

Ela nunca trabalhara sábado à tarde, nos cinco anos em que os dois estavam juntos, mas ele não parecia estar com forças para se espantar. Ela pediu as chaves do carro e passou a tarde como havia planejado, assistindo a três filmes diferentes, um mais ou menos seguido do outro, jantando num *fast-food* onde jamais encontraria um amigo deles, se tivesse sorte. Teve.

Naquela tarde e nas noites em que também se enfiou em cinemas ou passeou em lojas distantes de casa. Sua intenção era criar um clima um pouco suspeito, desligando o telefone quando ele se aproximava, levantando de madrugada para teclar na Internet, saindo antes dele, chegando atrasada para o jantar, comprando roupas novas. Vigiando Ruth, fingindo para ele.

O fingimento era até bom. Nos cinemas, viu histórias parecidas com a sua e os diferentes caminhos de resolução: armar barraco, assassinato, retaliação. Nas butiques, testava a cada dia um visual diferente, tomando cuidado para não gastar em excesso, porque a última parte do seu plano era cara. Na Internet, fez um pouco de sexo virtual, o que lhe parecia uma estúpida brincadeira de quem não cresceu, mas aumentou sua cultura geral sobre palavras e ações na cama de uma maneira surpreendente.

O pior era não contar para ninguém. Toda a sua vida tivera confidentes. Amigas, terapeuta, amigo *gay*, ex-namorados. Pela primeira vez, não queria platéia, divisão de riscos, para o bem ou para o mal seguiria seu plano, sem interferências.

Precisou de cúmplice, uma vez. Numa ocasião, deu cinco reais a uma menina que vendia chiclete perto do seu trabalho para que discasse o seu número de casa de 20 em 20 minutos e desligasse se um homem atendesse.

– Só fala se ouvir minha voz, entendeu? Quando eu responder, você desliga, que logo depois eu trago o resto do seu dinheiro.

– Vai me dá quanto, tia?

– Vou dar cinco agora e dez depois. Liga de orelhões diferentes, tá?

A menina, devia ter uns oito anos, foi perfeita. Cada vez que Marcelo atendia, alguém do outro lado desligava. Na quarta vez, ele já grudado no telefone, irritado, ela estendeu a mão:

– Deixa que eu atendo. – Deu as costas para ele, simulou uma conversa constrangida. – Ela mesma. Claro, como vai? Não se preocupe, eu levo. – Ela desligou.

Marcelo era uma interrogação só, ela não disse nada, subiu as escadas, pegou um casaco e a bolsa, passou pela mesa de canto, pegou as chaves do carro.

– Posso levar? Não vai sair agora, vai?

– Não, não vou. Mas aonde você vai, são quase nove da noite, você mal acabou de chegar do escritório.

– Esqueci de salvar um arquivo na rede, preciso abrir o computador para um colega acessá-lo.

– Que colega? Você está trabalhando demais, Jéssica...

– Depois eu explico. Agora não dá tempo.

A menininha estava lá, na esquina que haviam combinado, as bochechas marcadas de beliscões, alguém mais velho, talvez a mãe, ou quem quer que fosse responsável por seu trabalho nas ruas, por seu sono entre papelões, debaixo da marquise do prédio.

– Fiz tudo direitinho, não foi, tia? – disse estendendo o papel onde Jéssica anotara o número e o cartão telefônico que usara nas quatro tentativas.

– Fez, meu bem. Deu tudo certo.

– Quando eu crescer, vou ser esperta assim como a senhora, armar uns esquemas, ter um carrão, um casaco macio como esse – disse a menina escondendo a nota no *short* e estendendo a mão, tímida, para o *cashmere* rosa que Jéssica usava.

– Fica com o casaco para você, é quentinho, a noite está fria.

Jéssica voltou para casa chorando, enxugando as lágrimas com as mãos, no carro de Marcelo nunca se encontrava lenço de papel, ela precisava comprar seu próprio carro, quem sabe o dia em que não morassem mais juntos, o dia em que Ruth deixasse aquele marido meio careca que resmungava o tempo todo, bebendo uísque com os amigos depois de jogar tênis, quando ela deixasse o marido e os filhos para viver com Marcelo. Só a menina que vendia chicletes achava que ela era esperta, se fosse esperta teria percebido que a efervescência primeiro, o desinteresse depois, a tristeza dos últimos tempos só podiam significar paixão por outra mulher, também o que uma menininha maltratada como aquela entendia da vida, essa era a sua única fã, o que diriam todos quando soubessem que nada de casamento ou filhos entre eles dois...

Desceu do carro, controlando os soluços, procurou a chave na bolsa, a porta da casa se abriu por dentro, ela tomou um susto.

– Amor, eu estava preocupado, liguei para o escritório, ninguém atendeu. Você está chorando, o que foi, queridinha?

Ela chorou mais ainda, sem conseguir falar, só conseguia sentir o abraço apertado, como era bom molhar com lágrimas a curva do pescoço dele, sentir os beijos dele, curtos no rosto, longo na boca, ele a levando para o sofá, tirando sua roupa, o tesão dele, por algum motivo, voltara numa intensidade perdida na convivência. Num certo ponto, ela esqueceu a menina do chiclete, a amante dele e se lembrou das longas madrugadas na frente do computador fingindo e aprendendo novidades porque ele estava triste demais por causa de outra para amá-la. Aí o sexo mudou de lado. Não previsível.

Jéssica acordou com Marcelo cantando no chuveiro. Zeca Pagodinho. Sol alto. Orgasmos múltiplos, sem camisinha, sono de pedra. Resumo da noite.

– E aí, madame, dormiu bem?

Ele saiu vestido de sábado, bermudão, blusa solta, feliz. Passou a mão no corpo dela, de cima a baixo, esfregando a pele, entre a sensualidade e a aspereza, ela sentiu de novo tesão.

– Sabe o que eu estava pensando no chuveiro? – ele perguntou apertando um de seus mamilos. – Você tem trabalhado demais, nós dois estamos com férias vencidas. Por que não raspamos a poupança e vamos à Grécia como você queria, lembra?

O plano. A última etapa do plano. Só que ele sugerindo, não ela com sua solução heróica e maternal, como planejara, ele deprimido com a deserção da outra, ela chegando em casa com as passagens, jogando em cima da mesa. "Vamos, já providenciei tudo."

– Eu não sei se posso deixar o trabalho assim. Tenho que falar com o pessoal, segunda-feira eu vejo...

– Não. Eu quero que você ligue para sua chefe hoje, em casa, diga que seu marido quer seqüestrar você, não negocia. Liga já, vamos na agência depois, marcamos as passagens.

– Já? – Enquanto ele falava, na pressa da fuga, da solução para a sua paixão impossível, ela lembrava de um dos caras do sexo virtual. "Você pode tirar a roupa?" – Não sei se eu quero sair correndo daqui para a Grécia na segunda-feira.

– Por que não? Tem alguma coisa que prenda você aqui?

Marcelo e Jéssica se olham, a expressão dele é de incerteza, talvez um pouco de medo.

– Você pode tirar a roupa? – ela perguntou. – Agora?

Segunda-feira de inverno no Rio, eles a caminho do aeroporto, ela pede que o motorista tome o caminho que passa por onde a menina faz ponto, com a caixa de chicletes na mão. Ela está lá, *short* velho, casaco novo, o táxi pára no sinal, Marcelo inclina a cabeça para beijar Jéssica, ela desvia o rosto, oferece o pescoço porque quer sorrir para a menina que estende o polegar num sorriso de aplauso quando a reconhece. Garota esperta.

Parada

— Gravando... – Gabriel testou o gravador. – Perfeito. Podemos começar.

– Aí, quem diria, você, advogado, todo bonitão, entrevistando o amigo bandido na Casa de Custódia.

– Menos, Toni, por favor, nós combinamos que você ia levar a sério. Sem sabotagem.

– Não vou sabotar seu livro, sua chance de ser famoso. Quem sou eu para fazer isso?

Gabriel desligou o gravador com um clique irritado.

– Já começou. Bem que o Raul disse que não era para levar a sério a sua promessa.

– O Raul é um bundão. Sempre foi. Pode ligar. Vai, liga isso, anda. – Toni esperou o barulho do gravador sendo ligado de novo. – Não precisa ficar zangado, eu só disse que está na moda, livro, filme, peça de teatro sobre os perdidos. Quando eu era criança tinha um livro velho lá em casa, *Christiane F., drogada e prostituída.* A moda é como uma onda, vai e volta.

– Podemos começar daí. Você leu muito mais do que qualquer um de nós. Viu mais filmes. Como é que você consegue conviver com gente que mal sabe ler por tanto tempo?

– Já saquei. Você quer saber como é a vida na rua, no submundo, como é que um cara de classe média intelectualizada como eu cai tanto.

– Porra, você vai ficar me sacaneando? Qual é a sua? Há dez anos você diz que tem vontade de escrever um livro com a sua história, aí eu arranjo tudo para você contar e você fica arregando.

– Gostei de ver, arregando. Está bom, não vou sacanear mais. Meu nome é Toni, tenho 27 anos, sou amigo do Dr. Gabriel, esse advogado bonito que está com um gravador escondido no bolso do paletó depois de subornar um agente penitenciário da Casa de Custódia para não revistar o bolso direito do paletó cinza-escuro que o doutor veste sobre a calça da mesma cor.

– Você é um filho-da-puta ingrato. Não, completo filho-da-puta! Vou desligar essa merda de novo.

– Minha mãe não é puta, é subgerente de uma loja onde começou como balconista. Muito respeitável. Casou com meu pai, ele contínuo de uma grande empresa, vizinha à loja. Eles se separaram quando eu tinha dez anos, os dois casaram de novo, ela tem outros filhos, ele não. Que tal, estou bem?

– Não fode, Toni. Você está tergiversando.

– Adoro essa sua mania de usar palavras perfeitas porém difíceis, Gabriel. Tergiversando. É isso aí.

– Essa parada não vai dar certo – disse Gabriel desanimado.

– Outro ponto importante – disse Toni sorrindo. – Parada é o meu nome de guerra, desde os 18 anos, quando comecei a usar drogas, vender alguma, fazer michê para comprar droga. Dá para você me arranjar um de seus cigarros?

– Por que você começou a usar droga? – perguntou Gabriel estendendo o maço. – Pode ficar com ele. Lá fora eu compro outro.

– Porque a maconha me deu um sucesso que eu nunca tive na vida. Com a maconha eu fiz amigos, gente de todas as classes e idades que gostava de fumar comigo. A maconha fez de mim um líder porque era eu que tinha coragem de subir o morro e os outros babacas da nossa rua não tinham. A maconha me deu garotas que dependiam de mim. Antes era sempre eu que dependia das mulheres.

– A primeira vez que você foi preso, você disse para mim que começou a usar droga para sacanear o seu pai. Eu me lembro direitinho do que você disse: cansei de bancar o Joãozinho para agradar ele, agora que eu faço as coisas erradas ele presta atenção em mim.

– Eu disse isso? Que besteira! Eu devia estar curtindo com a tua cara, por algum motivo. Eu sabia que você não gostava do meu pai e disse isso para você ficar com raiva dele. Não tem nada disso: pode escrever no meu livro... meu, não, nosso porque a história é minha, mas o escritor é você, pode escrever: EU ERA FELIZ E NÃO SABIA. Escreve isso em caixa-alta.

– Por que tudo o que você fala é contra você mesmo, Toni? Como se você tivesse orgulho dos defeitos. Você parece seqüestrado justificando seqüestrador.

– Cara, só porque você não gosta do seu pai, eu não preciso deixar de gostar do meu. Meu pai sofreu o diabo. Por isso que ele errava comigo, não sabia fazer de outro jeito.

– Eu não gosto do meu pai mesmo não. Ele abandonou a família, me abandonou no meio de uma trupe de loucos, não sei como eu não virei bandido ou veado. Você lembra como a família da minha mãe era doida? Eu nunca deixaria um filho homem no meio daquele bando de mulher maluca.

– Ponto para o meu pai. Ele não deixou que minha mãe me criasse por causa disso. Ele achava que ela, mandona do jeito que era, ia acabar com minha masculinidade. Ele me amava.

– Ele te amava? Toni, ele te expulsava de casa, a vida de vocês era uma zona, te batia, te humilhava, você ia para a escola parecendo um mendigo ou um louco, com bainha de calça presa com grampeador. – Gabriel sentiu as veias do pescoço engrossarem de indignação. – Às vezes, eu acho que a maconha te deixou seqüelado. Sem memória.

– Às vezes, eu acho que o problema é que você se *acha*. Você fala como um desses pregadores exaltados contra o diabo. O meu pai e o teu pai não são gente possuída para ser exorcizada. Meu pai sofreu um bocado, humilhação todo dia, criado de favor na casa dos outros, tendo que cumprir ordem o tempo todo, na idade em que devia estar na rua brincando, já trabalhava, ajudava a sustentar a casa e tinha que ajudar, se não apanhava, tomava esporro. O cara fica doido, Gabriel.

– Isso é desculpa para maltratar criança. Em qualquer país civilizado, ele estava na cadeia por abuso. – Gabriel respirou fundo. – E quem está na cadeia é você.

– Eu quis estar aqui, Gabriel. – Toni fechou os olhos cansados da teima do amigo. – Deixa de ser otário. Podia ter arranjado um emprego qualquer quando saí da primeira vez. Aceitar as regras que minha mãe impunha para me ajudar. Voltar a ser Joãozinho, obediente. Eu não quis. Gostava de ficar chapado. Quando não conseguia quem me desse, eu subia o morro, comprava fiado, vendia, dava cano nos caras.

– Eu já vi tanta gente como você. No estágio na Defensoria Pública. No escritório. Tem quase uma fórmula, Toni. Já defendi uma moça que era boa aluna, bonita e a mãe, sei lá por quê, implicava, viviam às turras. Aí ela se envolveu com um cara, teve um filho, começou a se virar para sustentar, a família sempre apostando que ela ia se dar mal, se envolveu com quem não prestava, puxou cadeia, está por aí, acabada.

– Pode ser que a mãe tenha ajudado, mas ela gostava. Gostava do que fazia, ou pelo menos não se incomodava de fazer. Você mesmo disse que a família da tua mãe é completamente doida. Pensa que eu não lembro como maltratavam você? Jogavam na cara tudo o que davam para sua mãe e você está aí, advogado. Meu amigo é advogado! – Toni agarrou o pescoço de Gabriel, brincando, o outro se afastou num sorriso tenso.

– Relaxa, cara – disse Toni se afastando do amigo, pela primeira vez magoado. – Você vai passar a vida assim, mal-humorado, cagando regra pra cima de todo mundo, com raiva do seu pai e do pai dos outros? Isso não adianta.

– Se eu não fosse mal-humorado, brigão, meu pai e a turma toda tinham fodido comigo como foderam com você.

– Você está enganado. – Toni acendeu mais um cigarro, soprou a fumaça para cima do amigo, sabia que Gabriel odiava aquela brincadeira. – Você seguiu esse caminho porque nunca suportou perder espaço, nunca agüentou apanhar sem reagir. Eu ria e você brigava.

– Você brigava também. Antes da maconha, você brigava.

– Me lembro nós três na quinta série, quando eu, você e Raul nos conhecemos – disse Toni. – Você brigou com o professor de História porque ele perguntou se você era o filho ou o sobrinho da policial corrupta. Lembra disso?

– Lembro, sim. Naquela família de loucas, até a que conseguiu ter uma carreira tinha que aprontar alguma para a gente ser apontado na rua.

– Era legal tua tia. Meio sapata, não era não?

– Meio? Total sapata, apesar do Raulzinho dizer que ela pegou nele um dia lá em casa.

Toni deu uma gargalhada, Gabriel viu as falhas nos dentes de cima, sentiu mais raiva de o amigo ter perdido os dentes do que do professor de História.

– É capaz. O Raul sempre deu sorte com coroa.

– Você também dava. Não era mais fácil arranjar uma mulher para te sustentar do que cair nessa? – Gabriel se calou uns instantes, voltou à carga impaciente. – Mulher ou homem. Aquele teu amigo ator era louco por você, dava a maior bandeira, não sei como o teu pai não percebia.

– Meu pai é um homem que não tem preconceito contra homossexuais, Gabriel. É uma coisa legal nele. Ele tem amigos drogados, amigos *gays*, amigos corruptos, é sempre educado, carinhoso até com eles.

– Um pouco sem preconceito demais. Sei lá, ele te expulsar de casa, o cara abrigar você, claramente apaixonado, eu acho estranho teu pai não achar estranho um *gay* dar aquela guarida toda que ele te dava.

– Qual é a tua, cara? Está querendo saber se eu dava pro ator ou se comia ele?

– Não estou minimamente interessado. Aliás, se você disser que pagava uns boquetes pro cara em troca de hospedagem, eu não vou ficar escandalizado. Vou é ficar mais puto ainda com teu pai por ter posto você para fora de casa, por não ter pego você pelo braço e te internado quando você começou com essa parada de drogas.

– Ele queria me internar, Gabriel, deixa de ser chato, cara. Você persegue meu pai, que coisa! Uma vez ele chegou até a pedir a tua ajuda.

– Para te internar à força, você não lembra? Quando o psicólogo disse que não era caso de internação. Ele alguma vez foi a um grupo de ajuda ou a um psiquiatra para ajudar você?

– Você não sabe de nada, esses grupos são cheios de perdedores, um pessoal que morre de medo de cair de novo. Meu pai sempre disse isso, quem tem força de vontade, pára. Não precisa de grupo. Eu mesmo parei umas duas vezes, sozinho. NA! Nem me fala nisso, que eu me lembro de você e do Raul me enchendo o saco para ir no AA, no NA, puta, vocês são muito pentelhos!

– Somos. Nós somos pentelhos, amigos bons são os que infringem o Código Penal com você. Os que acham legal você vender droga, se vender por causa de drogas.

– Nisso você tem razão. – Toni sorriu, de novo apareceu a falha nos dentes. – Eu achava que os caras com quem eu trabalhava eram legais e eram uma merda. Me puseram aqui, acho até que me entregaram para os homens.

– Espera um instante – disse Gabriel. – Deixa eu desligar o gravador porque quero perguntar uma coisa e acho que você pode dizer besteira. Pronto, está desligado. Você acha que vender droga é uma forma de inveja?

– Gabriel, por que você tem de fazer teoria para tudo? – Toni abaixou a cabeça nos joelhos, um gesto de exasperação antigo nele. – Qual é o seu problema? Você tem que defender traficante, mas fica procurando uma justificativa bonitinha para eles? É para se sentir melhor? Não, me explica.

– Sei lá, de repente, você alicia um cara que tem casa, comida, família, um pai legal, enquanto você está na rua... – disse Gabriel inseguro. – Se o cara ficar na droga, fica igual a você.

– Isso que você está dizendo é horrível – reagiu Toni. – Todo mundo quer que os amigos partilhem das mesmas coisas. Quando você sai com o pessoal do teu escritório e o que bebe mais fica insistindo na saideira, ele é um alcoólatra com inveja dos que conseguem beber numa boa? Pára com isso, cara.

– Está certo, você tem razão – admitiu Gabriel. – Você nunca foi um cara invejoso, lembro que no colégio dava a maior força para todo mundo. Pronto, vou ligar de novo o gravador, a gente continua. Vamos lá: Toni, o que foi decisivo para você, há dez anos, embarcar nessa onda de droga?

– Como assim? Quem me aliciou? Não sou dedo-duro, cara.

– Não. Falo dos motivos. As brigas entre seus pais, a violência dele contra você? Ou você acha que foi a falta de limites, porque eu me lembro que a sua casa era o único lugar em que se podia assistir televisão até as quatro da manhã, dia de semana, a gente queria dormir lá sempre. O que levou você para essa vida?

– Você está igualzinho a mulher que toma porrada do cara, se vende para arranjar droga para ele e diz que o coitado tem problemas psicológicos, por isso é assim. – Toni riu. – Já vendi muito para garotas que faziam isso. Já comi várias também. Na época que eu conseguia trepar.

– Isso é o que me deixa mais chocado. A tranqüilidade com que você diz isso. Há quanto tempo você não consegue? Dois anos, três anos?

– Tem mais ou menos isso. Foi quando eu comecei a pegar pesado com a cocaína. Como você sabe?

– Porque nós encontramos com você todo nervoso no *shopping* e você disse que não estava conseguindo trepar – disse Gabriel. – O Raul ficou tão traumatizado que brochou naquela noite e era festa de aniversário dele, a mulher que ele estava comendo tinha prometido mundos e fundos, fundos principalmente, tinha dito: "essa noite você vai me enrabar", era uma coroa, sempre as coroas do Raul, que nunca tinha dado o rabo e, por tua causa, o Raul falhou.

Os dois riam dessa vez, juntos, riam da imagem do pobre Raul, o garanhão gordinho e baixinho, mas garanhão, dos três mosqueteiros, brochando com a mulher-chave-de-boceta da vez, tudo por causa do trauma. O trauma da brochice dele, Toni. Riam tanto que o agente penitenciário que estava por ali se aproximou.

– Tudo bem, doutor?

– Tudo, tudo, é que o rapaz aqui me contou uma piada.

– Piada de preso? As do Parada costumam ser boas – disse o agente e olhou duvidando antes de sair.

– Estou fodido com esse cara. É capaz de me aprontar alguma por causa dessas risadas.

– Você quer que eu fale com ele? – perguntou Gabriel. – Deixe alguma grana? Não suporto como esse pessoal te chama: Parada.

– Não. Você quer deixar grana, deixa comigo. Não dá para eles, não. E o apelido é meu, trouxe de fora, eles dizem que é porque eu estou sempre em alguma parada.

– Você não vai gastar meu dinheiro em drogas aqui dentro, vai, Toni?

– Está me estranhando, cara?

– Não, estou te conhecendo. Quantas vezes você já me pediu dinheiro dizendo que era para uma coisa e gastou em outra?

– Umas três vezes. Quatro, contando com o dinheiro que eu peguei na bolsa da tua faxineira no dia em que você me deixou dormir lá. Pô, não faz essa cara de emputecimento. Eu estava numa fase de muita droga, não dava para livrar a cara.

– A faxineira, Toni, ela adorava você desde que você tinha, sei lá, 13, 14 anos, quando ela era empregada da minha tia, a sapata, ela conhecia você. Gostava de você, maior sacanagem aquilo.

– Foi mau, eu reconheço. Tudo bem, não precisa deixar dinheiro, deixa o cigarro, os livros, já está bom. É melhor ser pouco mesmo. Como daquela vez em que vocês pagaram um jantar para mim, me deixaram no hotel, a diária paga. Da vez que o Raul brochou.

– Apesar de que ele levou meses para contar para gente que tinha brochado – disse Gabriel. – Eu me lembro que eu perguntei para ele: "e aí, comeu?" E ele: "uma coisa!!!!!!!!!!!!!"

– Está certo, se não for para se gabar não tem graça. Ele só contou de raiva de mim. Para me punir, me deixar culpado, o sacana.

– Foi isso mesmo. Na segunda vez que você foi preso. Contou quando a gente foi à delegacia, sem saber se assaltava um caixa eletrônico para dar dinheiro para o PM liberar você ou se te cobria de porrada.

– Vocês, roubar? Só rindo. Porrada é diferente, mas na delegacia não dava para me encher de porrada. Coitado do Raul, lembra que ele chorou? Eu fiquei constrangido.

– Não gosto quando você fala assim. Com essa calma. Você fica parecido com seu pai.

– Podes crer. Meu pai conta as piores histórias com a maior calma do mundo. Se você escutasse o que ele passou, sempre se controlando, sempre respondendo com delicadeza aos outros...

– Delicadeza, médio, não é, Toni? Lembra quando ele começou a falar manso com a professora de Física que queria reprovar você por falta e, no final, massacrou tanto a mulher que ela liberou a prova final?

– Foi mesmo. Eu tinha esquecido disso, ele fazia questão que eu estudasse. Era o que ele mais queria para mim.

– Meu pai também – debochou Gabriel. – Nunca foi à escola, não dava dinheiro para comprar livro, eu não tinha lugar para estudar, mas ele fazia questão que eu passasse de ano, entrasse numa faculdade pública, fosse doutor.

– Sabe de uma coisa? Eu nunca vou ter filho.

– Nem eu – disse Gabriel.

Os dois se calaram. Gabriel enfiou a mão no bolso, pegou um chiclete, ofereceu para Toni, que recusou e acendeu outro cigarro.

– Sabe por que eu não vou ter filho nunca? Porque eu não quero repetir essa história de errar do mesmo jeito ou pior.

– Com certeza. Só daria para colocar filho no mundo se as chances da gente ser como os nossos pais fossem iguais a zero – concordou Gabriel.

– Eu teria filho se tivesse certeza de que conseguiria ser como o pai do Raul...

– Que levava o filho no puteiro para conviver com as putas desde criança e deixava ele na mesa bebendo guaraná enquanto ele *fazia* uma delas? – Gabriel disse. – Você lembra que o Raul contava essas coisas e a gente não acreditava?

– Ele dizia que elas davam para ele de graça desde os 11 anos.

– Porra nenhuma, ele não devia nem ter pentelho aos 11 anos – zombou Gabriel.

– Tem mulher que gosta de menino bem novinho. – Toni sorriu. – Será que é por isso que o Raul tem aquela cara de bebê? Porque a mãe morreu cedo e o pai criou ele entre as putas?

Gabriel ficou mexendo no maço de cigarro em cima da mesa que estava entre os dois. Pela primeira vez, achou o olhar do amigo ansioso.

– Você acha que vai conseguir mesmo me tirar daqui? – perguntou Toni. – Eu não estou agüentando mais.

– Acho. Se a gente contar direitinho essa história, mostrar o papel da droga, da família, a falta de apoio, a violência que você sofreu a vida inteira...

– Assim não, Gabriel – disse Toni contrariado. – Nós combinamos um livro, personagens, situações fictícias. Para eu ter um dinheiro quando saísse.

– Eu mantenho o livro, até falei com uma editora.

Toni ignorou o amigo e levantou tenso.

– Então é essa a parada. Eu não quero que você use coisas desse tipo para me defender na justiça. Você é um bom advogado, se vira, mas não mete meu pai na dança.

– Não dá para não meter seu pai nessa história, Toni. Se a gente não contar tudo, o juiz vai pensar que você é mais um babaquinha de classe média querendo emoções fortes, um qualquer que vai para as festas aliciar gente igual aos filhos dele. E vai te tascar uma pena alta em regime fechado.

– Mas eu fiz isso mesmo. Fui para as *raves* e ofereci drogas para os filhos deles.

– Tudo bem, Toni. Você fez isso, mas ficar na cadeia no meio de marginais não vai evitar que faça de novo.

– Por que você tem esse preconceito contra os pobres que estão na cadeia? – disse Toni exaltado – Só porque eles não são que nem a gente?

– Não me enche, Toni. Eles não são meus amigos de infância, não são meus clientes, só isso.

– Não, na verdade, eles não são que nem você, não é? Porque eu estou aqui e o Raul é quase um gigolô. Só você se salva. O bonitinho, o que tem dentes, o que fez a faculdade até o fim. Os marginais não podem ser clientes do Dr. Gabriel.

– Se fossem, eu também usaria todos os argumentos para o juiz não condená-los. Existe o crime, mas também existem atenuantes.

– Para o meu pai, inclusive.

– Mas não é seu pai que está preso.

– Não, mas eu não quero que você conte essa história no processo.

– Eu pensei que a gente tinha concordado que o objetivo era tirar você da cadeia.

– Eu me enganei, Gabriel – disse Toni definitivo. – A única coisa que a gente concorda é de não ter filhos. O resto da parada você faz de um jeito que deixe meu pai de fora.

– Não dá para ser assim, Toni. Não dá para livrar teu pai.

– Me dá essa fita, então.

– Dou nada, a fita não é sua.

Toni levantou ameaçador.

– Devolve, seu puto, você não vai usar minhas palavras para se vingar do pai de merda que você teve.

– Você está querendo me fazer perder a cabeça, desistir de você – disse Gabriel levantando também e tomando distância.

– Você desistiu antes, o tempo em que eu fiquei na rua, você subindo na vida, podia ter me ajudado.

– Vou ajudar agora – disse Gabriel se dirigindo à porta e chamando o agente. – Já terminamos aqui.

– O agente vai demorar para chegar, eu posso tomar essa parada de você à força.

– Vem me tomar o gravador, vem – disse Gabriel irritado. – Vem que há muito tempo eu tenho vontade de socar essa cara de panaca sem-vergonha. Me faz perder o sono só de pensar. Você agora me deixou puto, Toni.

– Eu vou pedir para falar com o juiz para destituir você da minha defesa. Vou pedir ao meu pai que arranje outro advogado para mim.

O agente entrou, olhou para os dois, Toni com ar desafiador, Gabriel com a mão no bolso do paletó. Como se advogado e cliente estivessem prestes a entrar numa briga. O impasse foi desfeito por Gabriel, que acenou para Toni, apertou a mão do agente repassando notas, cumprimentou e saiu.

– Algum problema, Parada? – perguntou o agente. – Você está com cara de quem comeu e não gostou.

Toni olhou para o outro com raiva.

– Você tem filhos? – perguntou Toni.

– Infelizmente, não. Minha mulher tem problemas – respondeu o agente de má vontade.

– Sorte sua – disse Toni. – Não vale a pena ser pai.

O Jaguar Azul

Bela ajeitou o lenço em torno do pescoço, conferiu os brincos e os botões de seu conjunto de lãzinha. A blusa de mangas curtas, o casaquinho aberto colocado por cima, as duas peças da mesma cor.

"Estou uma velhazinha bonita." A nora se referia a ela assim, mas a nora não a veria naquele dia. O filho sim. Eduardo telefonara de manhã, com seu jeito tenso e formal de administrar crises:

– Mãe, podemos almoçar juntos? Pensei em dar um pulo aí.

– Claro, mas o cardápio está meio frugal. Que horas vocês pensam em vir? Posso fazer mais alguma coisa, um pastelão, um suflê – disse ela animada com a perspectiva da visita.

– A senhora é que define, mãe, a casa é sua. E não precisa aumentar o almoço, só vou eu.

Putz! Bela pensou, mas não disse, o filho vinha almoçar sozinho, sinal de problema grave. Grave na medida em que ele e a mulher consideravam grave. Dívidas, separação eminente, doença dos filhos, crise na família dela. A família de Raquel sempre estava em crise. Quando não era um parente, era outro. Cuidar para que não implodissem fazia parte das atribuições de bom marido que Eduardo assumira.

– Estou esperando então, filho, uma hora está bom para você? – perguntou Bela com mais animação do que sentia.

O filho e a nora juntos significavam sempre uma ou duas netas, ela adorava o frescor da caçula, a irreverência da do meio, a seriedade caçoísta da mais velha. Fazia tempo que não via as netas, as duas mais velhas casadas, a caçula estudando, uma terceira faculdade recém-começada, em São Paulo.

– Um pouco cedo para mim, mãe, não pode ser às duas? – ele perguntou com o tom de voz que usava com freqüência como se fosse uma sobrecarga qualquer modificação nos seus planos, em função dos planos dos outros.

– Duas horas está perfeito – respondeu Bela.

Ela ajeitava a roupa, em frente ao espelho, se perfumando para receber o filho único daquele casamento rápido e fracassado, o filho que ela criara sozinha, com o acompanhamento distante de Régis.

Ela acreditava que Eduardo nunca suspeitara de um relacionamento mais profundo entre os dois. A mãe e o chefe. Uma única fotografia dele na casa, entre as várias molduras com o filho, algumas com a nora e as netas. Era uma foto política, o advogado e o presidente da República, Régis já com seus 50 anos, a esposa o acompanhara à Brasília. Na época, Bela ainda sentia ciúmes dela, apesar de todos os acordos implícitos e explícitos que fizera com Régis meses antes da inauguração de Brasília. Nenhum acordo, porém, permitia que ela fosse no mesmo avião com ele e a mulher oficial. A matriz.

A matriz e a filial. Num tempo sem pílula e com respeito a certas convenções, Lurdinha Albuquerque era a matriz com direito a visita ao presidente da República e Beatriz Santana era a secretária, o braço-direito do advogado no escritório, a filial.

– Mas a mim ele chamava de Bela! – disse para si mesma, passando as mãos no rosto, num carinho inconsciente com o próprio corpo que a fazia conhecer cada centímetro da sua pele e qualquer transformação.

Passara a inauguração de Brasília com Eduardo, o filho fazia aniversário por aqueles dias, estava adoentado, com febre, cabisbaixo. Na volta da viagem, Régis trouxera a foto autografada pelo presidente.

A campainha tocou e isso a fez apressar o borrifar de perfume. O filho não gostava de esperar. O filho gostava de mulher perfumada, ficaria feliz de saber que a mãe se arrumara para recebê-lo. O contentamento facilitaria o relato do problema. Qualquer que fosse.

– Raquel está preocupada com Ledinha – disse ele finalmente, na sobremesa.

"Grande coisa", pensou a mãe. "Raquel está sempre preocupada, deve ser um vício adquirido naquela bendita família de jogadores, dependentes químicos, chorões diversos. Que chatice eles chamarem a menina pelo diminutivo. Parece coisa de família Adams."

– Você não vai dizer nada, mamãe? – perguntou Eduardo diante do seu silêncio.

– Estou escutando, meu filho – disse Bela.

– Ficaria mais fácil se você dissesse alguma coisa – disse Eduardo com impaciência.

– Que tipo de problema pode ter Leda? – perguntou Bela deixando passar o tom dele. Filhos!

– Você sempre fala como se as meninas fossem perfeitas e nós uns monstros – resmungou ele.

Bela não respondeu, apenas sorriu. Começava a ficar irritada, afinal ela estava sossegada no seu domingo, escutaria música, leria os jornais, um pedaço de romance, andaria um pouco pela praia ao entardecer sem que problemas seus ou alheios interrompessem o ritmo de enseada marinha que imprimira a sua vida. Desde a morte de Régis. Há cinco anos. Até a descoberta do caroço, três dias atrás.

Por que o filho não podia desembuchar logo o que o atormentava e deixar a mãe ajudar como se faz com qualquer criança em dificuldades? "Oh, céus."

– Leda largou um emprego ótimo, sumiu da faculdade nas últimas semanas, parece que só sai de casa para um tal trabalho voluntário onde ela não ganha nada.

– Como é que você sabe tanta coisa sobre sua filha, ela morando em São Paulo e você aqui? Ela contou? – perguntou Bela espantada.

– Ela não conta nada. A irmã de Raquel é que deu o serviço, Raquel estranhou a falta de notícias, pediu à irmã para ir à faculdade sondar.

– A irmã de Raquel foi espionar uma mulher feita de 28 anos? – Bela se sentiu afrontada em solidariedade à neta.

– Mamãe, Leda só falta bater em Raquel quando ela tenta descobrir o que está acontecendo, no outro dia praticamente desligou o telefone na cara da mãe, um inferno!

– Eu nunca entendi por que vocês permitiram que as meninas crescessem falando o que bem entendem para vocês, gritando umas com as outras, para depois reclamarem do jeito bruto como elas agem – disse Bela.

– Ainda bem que você admite que suas preciosas netas tratam a gente com brutalidade! – irritou-se ele.

Eduardo se calou um instante, depois respirou fundo, como se fizesse um esforço de autocontrole para lidar com uma situação difícil. Uma coisa irritante de se assistir. Do ponto de vista de Bela.

– Mamãe, eu não preciso de críticas, preciso de ajuda. Acho que alguma coisa grave está acontecendo. Não é só drama de Raquel. – Eduardo calou-se.

"Ele está infeliz, exausto", condoeu-se Bela. "Talvez a amante tenha cansado de esperar e tenha arranjado outro. Talvez ele tenha se cansado dela e não esteja conseguindo arranjar outra. Imagina o que ele diria se soubesse que a moça passou a fazer unhas no mesmo salão que eu só para conviver com a mãe do amante casado. Eduardo teria um infarto. Pobre do meu filho, tão fechado. Quando foi que meu filhinho aprendeu a ser tenso desse jeito?"

– O que você acha de eu ligar para Leda, hoje à noite, e pedir a ela que passe uns dias comigo semana que vem para me acompanhar nuns exames? Os jovens gostam de sentir que são úteis.

– Não minhas filhas. Detestam ser incomodadas, a mãe delas vive se queixando disso. Mas a senhora pode tentar, quem sabe dá certo? – a voz dele soou mais animada. Com um sorriso ele agradeceu a xícara de café que a mãe lhe passava. – Esses exames que a senhora vai fazer são alguma coisa séria?

– Não. São exames de rotina, mas eu vou gostar da companhia dela. Você quer uns biscoitos? São de amêndoas.

Foi assim, nessa troca, no pequeno jogo de espionagem encomendado pelo filho único, que a neta chegou dias depois. Com uma sacola de lona, as botas, as jaquetas, o estojo de maquiagem e os livros de terror para o quarto de hóspedes do apartamento da avó. Chegou a tempo para o almoço e ajudou de boa vontade Bela a arrumar a mesa. Com a avó ela nunca era grosseira.

Bela, com muito tato, perguntou coisas bobas sobre São Paulo ou sobre a faculdade de cinema, tentando achar algo da vitalidade conhecida na jovem infeliz que sentava à sua mesa ou andava com ela pelas clínicas e laboratórios no *check-up*.

A nora ligou três vezes no primeiro dia, Eduardo duas no segundo, mas Leda foi indiferente com o pai e ríspida com a mãe. Bela, que estava na sala em uma das ocasiões, especulou o que faria se tivesse uma filha e ela voasse no seu pescoço como Leda fazia com Raquel. Não dava para imaginar a cena, improvável demais.

Em dois dias terminaram os exames de sangue, ressonâncias, tomografias, raios X, as tediosas esperas. Almoçaram no Leblon, comida japonesa que as duas adoravam.

– Eu não sabia que *check-up* significava tantos exames – comentou Leda devorando os *sushis* como devorava pipoca no cinema em criança. – É rotina esses exames todos? Sabe, vovó, que eu fiz um exame desses quando machuquei o joelho jogando futebol na adolescência?

– Eu nunca soube que você tinha machucado o joelho no futebol. Foi coisa séria? – perguntou Bela sem responder à primeira pergunta.

– Meu pai disse para eu não contar que você criticaria ele mais uma vez por me deixar jogar futebol – disse Leda sem graça. – Aí eu não contei, mas foi uma coisa tão ruim, que precisei parar de jogar.

– Bobagem do seu pai. Só uma vez eu falei para ele o desperdício de uma menina linda deixar de fazer uma festa ou uma viagem no aniversário de 15 anos para passar o dia numa excursão de futebol feminino – esclareceu Bela. – Foi uma das poucas vezes que eu fiz uma observação direta sobre a educação de vocês.

– Acho que papai e mamãe preferiam que eu fosse um menino. A laqueadura quando eu nasci... essas coisas... – Leda voltou o rosto para a avó. – Acho que eles ficaram meio frustrados, ele principalmente, de não ter nascido um menino. A sorte do papai foi eu gostar de futebol, de canoagem, asa-delta, imagina se eu fosse uma perua como as minhas irmãs!

Bela olhou para o rosto da neta, os *piercings* da sobrancelha esquerda, do nariz, os olhos circundados de delineador preto sobre a sombra roxa e dourada.

– Se ele tivesse um filho homem, talvez o menino gostasse de livros, música, detestasse esportes radicais, achasse 11 homens chutando a canela de outros 11 para disputar uma bola uma criancice – disse Bela. – Não dá para prever como os filhos serão. O que foi?

Leda olhava espantada para a avó.

– Não, é porque você falou igualzinho a um cara que eu conheço.

– Tomara que seja um elogio eu falar como um "cara" – disse Bela.

– É um garoto do curso pré-vestibular onde eu dou aula como trabalho voluntário – explicou Leda sem graça. – Sabe, para gente que trabalha de dia, estuda de noite e não tem como pagar.

– E esse cara, esse garoto acha futebol e asa-delta criancice?

– Não, é muito pior do que isso. Ele acha tudo que é esporte radical babaquice de rico que não tem o que fazer e fica arriscando a vida por nada. Ele é um cara ressentido, rude. – Conforme Leda falava, a tristeza se expandia na voz, no rosto, nos ombros descidos. – Ele zomba de mim, diz que se a gente quer conhecer a adrenalina de não saber se vai chegar ao final do dia vivo devia passar um tempo na rua, entre mendigos, ladrões, drogados.

– Quantos anos esse rapaz tem? Parece uma pessoa muito amarga – disse Bela.

– Dezenove anos. Dez mais novo do que eu – respondeu Leda desviando o olhar da avó. – O pai dele era gaúcho, muito bravo, perdeu o emprego, começou a beber, a família foi viver debaixo da ponte.

– E ele vive na rua até hoje? O rapaz?

– Não! Ele foi salvo por umas freiras, ele diz que graças a Deus são freiras, ele teve uma pneumonia, foi internado e as freiras cuidaram dele.

– E o futebol? Como foi que surgiu essa crítica parecida com a minha?

– Ele acha que mulher jogando futebol é coisa de sapata – Leda riu nervosa.

– Nossa! Eu não chego a tanto – riu Bela. – Acho pouco feminino, mas aí já é exagero dele.

– Ele é todo homofóbico, muito conservador. Mas não quero falar sobre ele, falei por causa do comentário sobre a excursão. Ele ficou horrorizado de saber que eu não fiz festa de 15 anos para jogar. Como você.

– Eu fiquei horrorizada de você não me acompanhar a Paris. Foi esse o meu convite. Teria sido bom para nós – disse Bela. – Posso pedir a conta?

Elas não falaram mais do rapaz que deixava Leda triste. Passearam um pouco, olharam as lojas, Bela comprou para a neta uma bata decotada, solta no corpo, e um xale roxo-batata com fios prateados que, na opinião de Leda, "descombinava total" com tudo o que tinha, mas Bela achava que fazia um jogo lindo com sua pele branca e seus cabelos escuros.

– É tinta, vovó – disse Leda.

– São lindos, meu bem – disse Bela. – E quem olha não sabe que é tinta. Nem precisa saber.

Depois passaram no médico de Bela e Leda ficou folheando revistas na ante-sala até cochilar um pouco, sentada, um sono rápido, mas profundo o bastante para sonhar com dentes. No sonho Guto repetia para ela "minha namorada gosta de mim, ela me ajudou tanto, maior sacanagem deixar ela de lado agora e você é muito diferente, nunca ia dar certo" e ela tentava sorrir com uma ironia distante de mulher mais velha, do alto dos seus 28 anos, mas ele perguntava intrigado, num texto novo, que não era lembrança ou repetição: "que tinta é essa nos seus dentes?" e ela respondia sem nenhuma lógica – beterraba e acordava assustada com a mão da avó no seu ombro.

– O que foi, queridinha, eu assustei você?

– Não, vovó, eu peguei no sono e, não sei, sonhei que meus dentes estavam cobertos de beterraba. – Leda levantou e cumprimentou o Dr. Cerqueira, médico de sua avó há anos. – Veja que maluquice, doutor.

– Às vezes, você está com vontade de tomar um suco de beterraba. Vamos fazer isso agora – propôs Bela.

Naquela noite, Bela se recolheu cedo e Leda ficou zanzando pela sala e pela varanda, fumando, bebendo o conhaque estrangeiro que estava sobre o aparador, ouvindo o *diskman,* zapeando os canais de TV, até finalmente adormecer no sofá lendo um dos romances da estante da avó.

Acordou dia alto, 11 horas, alguém havia tirado suas botas de cano curto e salto baixo e soltado o botão da calça comprida, colocado sua cabeça sobre um travesseiro e um edredom por cima dela.

Leda abriu os olhos sentindo uma dor de cabeça lancinante. Ouviu o barulho de chave na porta e viu a avó entrando na sala, mas pressentiu que a dor de cabeça e a náusea desfocavam sua visão porque a avó estava muito velha e abatida com os olhos borrados de rímel. Isso era impossível, pensou Leda, antes de começar a vomitar. A avó não andaria na rua com a maquiagem escorrendo.

Bela acomodou a neta na sua própria cama e secou seu cabelo primeiro com uma toalha grande, depois com o secador de mão, ligado na tomada do abajur. Em seguida, massageou a testa, as mãos e os pés de Leda com óleo de amêndoas morno e a deixou ali com as cortinas abaixadas e o ar condicionado ligado no mínimo, enquanto preparava um caldo de galinha com hortelã. O caldo pronto, deu às colheradas, na boca, ignorando os protestos de Leda, que achava que nunca na vida conseguiria comer de novo. O caldo, no entanto, assentou no estômago e ela dormiu até de noitinha, quando foi até a varanda e encontrou a avó olhando o céu sentada na cadeira de vime.

– Quando eu era adolescente, esperava a primeira estrela aparecer e recitava mentalmente: primeira estrela que eu vejo, é meu sonho, meu desejo, se fulano, Carlos, João, Antônio, enfim, o apaixonado da época, gosta de mim, cachorro lata, se me detesta, porta bata, se me adora, assobia – contou Bela. – Vamos, sente aqui do meu lado e faça seu pedido às estrelas.

Leda abraçou Bela e as duas ficaram sentadas em silêncio. O mal-estar tinha passado completamente, mas deixado uma sensação de fragilidade física que Leda não sentia desde pequena.

– Eu estou com fome, mas tenho até medo de comer. Nunca me senti tão mal na vida – disse Leda.

– Você sempre foi muito saudável. Me lembro que em criança costumava zombar de suas irmãs quando elas ficavam de cama.

– Pois é, e hoje você teve que me dar banho como se eu fosse um bebê vomitado. Argh, só de lembrar me dá enjôo de novo. Só teve uma coisa de bom, foi que eu passei um dia inteiro sem fumar. Desde ontem à noite. E não estou agüentando pensar no cheiro de cigarro.

– Então fica aqui sem pensar em cigarro que eu vou esquentar uma sopa de lentilhas que fiz para nós duas – disse Bela.

O telefone tocou quando ela preparava as bandejas na cozinha com as tigelas de sopa e torradas. Devia ser para Leda porque a neta baixou a voz e respondia com poucas palavras. Bela colocou as bandejas no carrinho e levou para a sala a tempo de ouvir Leda atalhar:

– Agora não posso mais falar. Vou assistir a um vídeo com minha avó. Não, não posso – reagiu áspera a alguma insistência do outro lado. – Lembra que você disse que ia clicar em "não receber mais mensagem desse remetente?". Clica então. – Leda bateu o telefone com raiva.

– Sopa e torradas, vamos ver como você reage – disse Bela ajeitando o carrinho na sala e colocando os descansos de prato na mesa. – Podíamos assistir a um filme no vídeo depois do jantar, o que você acha?

– Vovó, você acha que eu sou truculenta, jogo duro, vivo julgando as pessoas? – perguntou Leda de supetão, ignorando o convite.

– Não. Acho que você é um pouco geniosa e impaciente com as pessoas que não acompanham o seu ritmo.

Leda ficou quieta por uns minutos, tomando a sopa, esmigalhando pedacinhos de torrada, em vez de comer, num hábito que lembrava à avó suas crises de ressentimento contra as irmãs mais velhas na infância. Raiva para dentro.

– Vovó, você me deu banho hoje, me viu nua, tratou de mim como eu tratava das minhas bonecas, você acha que eu estou gorda, feia, cheia de celulite?

– Meu bem, você é linda, você tem um corpo mais para o rechonchudo, é seu tipo físico, mas é um corpo bonito, qualquer homem que goste de mulher vai reconhecer isso. Quem colocou essas coisas na sua cabeça?

– Ele não quer saber mais de mim. – Leda começou a chorar, fungando, como uma criança pequena. – Ele prefere uma lambisgóia magra e burra, só porque ela é boazinha e nova e eu sou gorda, brava e velha.

A gargalhada de Bela ressoou pela sala, uma risada que subia para o lustre, esparramava pela sala como fantasma de filme, enquanto ela saía da cabeceira da mesa e ajoelhava do lado da neta colocando os braços em torno de Leda.

– Queridinha, você tem 28 anos, não é velha, não é gorda, quantos anos tem esse homem que você ama e lhe faz pensar bobagens desse tipo?

– É um *nerd* de 19 anos que acha que o mundo começa e acaba nos computadores e que me trata como se eu fosse uma professora pentelha. Ele me odeia, disse que nunca mais queria receber mensagens minhas na máquina dele e todas as vezes que eu tento fazer as pazes, ele me rejeita e todas as vezes que ele tenta fazer as pazes, eu perco a cabeça. Ah, vovó, para que eu fui conhecer essa peste? Eu preferia me apaixonar pela minha amiga lésbica a me apaixonar desse jeito por ele. Preferia nunca ter conhecido esse egoísta que só pensa nele e nos preconceitos dele.

Bela a deixou chorar um pouco, antes de voltar a falar.

– O problema é que a gente não escolhe se apaixonar pela amiga lésbica, por mais que brinque com a idéia de amar alguém mais fácil, mais parecido, mais próximo. Quando uma mulher gosta de pau, minha filha, tem que aprender a lidar com ele.

– Vovó! – Leda enxugou as lágrimas escandalizada. – Eu nunca ouvi você falar "pau" em toda minha vida!

– Ah, isso é porque sua mãe e seu pai nunca deixaram vocês sozinhas de verdade comigo. Uma coisa que eu gostaria de ter feito. Levar você a Paris, na adolescência, sentar num café, conversar sobre homens e seus paus. Por que será que as mulheres nunca têm a oportunidade de iniciar as mulheres mais novas, do mesmo sangue, aos segredos do pau?

– Vovó, você bebeu, tomou alguma coisa? – Leda passou a mão no rosto, a vontade de chorar se fora, estava preocupada de verdade com a avó. – Está tomando algum remédio novo?

– Nenhum remédio, querida – disse Bela sorrindo. – Eu detesto remédio, você sabia? Não bebi, mas vou beber alguma coisa. Um drinque em homenagem à primeira vez em que uma mulher da minha família conversa sobre homem com uma descendente, sem nenhuma barreira. Você quer beber? Talvez uma Coca-cola, só para brindar comigo.

Ela preparou um martíni, serviu no copo apropriado, colocou a azeitona, sob o olhar da neta.

– Vamos brindar a quê, vovó? – perguntou Leda levantando o copo de Coca-cola com gelo e limão, entrando no espírito da brincadeira.

– Vamos brindar aos homens. Ao gosto deles na nossa pele, na nossa boca, no nosso corpo. Independente da falta que eles nos fazem quando somem. Independente do mau uso que eles fazem da ira.

– Eu não sei se quero mais saber de homem – disse Leda depois de um gole do refrigerante. – O Guto, esse cara com quem eu me envolvi, esse que eu brigo, ele age como se tivesse ódio de mim. Como se me desprezasse, como se nunca na vida tivesse gozado em mim, gritado o meu nome. Como os homens podem ser tão falsos?

– Eles não são falsos. É que precisa muita coisa para um amor dar certo e algumas pessoas não percebem que precisam cuidar dos detalhes.

– Que tipo de detalhe?

– Deixa eu mostrar para você.

A avó a levou pela mão para o quarto principal da casa, o seu, onde Leda havia dormido a tarde toda. Um *closet* espaçoso guardava os vestidos, sapatos, caixas de chapéus ou de jóias, um grande espelho entre as fileiras de cabides refletia a cama.

– Esse *closet* eu mandei fazer quando seu pai fez 17 anos e foi estudar engenharia em São Paulo. Voltou noivo de sua mãe e eu dei a ele um apartamento de quarto e sala, então, fiquei morando sozinha nesse apartamento. Trinta e cinco anos.

– Mamãe sempre disse que você deve ter se sacrificado muito para dar o que deu para eles trabalhando como secretária.

– Ela disse isso? Eu não me sacrifiquei, Leda. Esse apartamento foi um presente do meu amante. – Bela riu do espanto da neta. – Tem mais, para comprar o apartamento pequeno para seu pai, eu vendi umas ações e fiz um empréstimo num banco de um amigo dele.

– Mas, vovó, como é que ninguém sabia, como é que eu nunca soube? Eu quando era criança pensava assim: "Coitada da vovó. A gente podia dormir na casa dela mais vezes. Fazer companhia a ela de vez em quando, durante a semana, não só nas noites de sábado quando papai e mamãe saem." E o tempo todo você tinha um amante?!!

– Graças a Deus, vocês só vinham aos sábados, que era quando ele viajava com a mulher e os filhos para a casa de campo ou saía para jantar com ela.

– Minha avozinha de 70 anos foi amante de um cara, sei lá, por quanto tempo, 20 anos?

– Mais. Eu conheci Régis quando eu tinha a idade desse rapaz com quem você está envolvida e ele tinha a sua idade. Dezenove e 28. Eu estudava secretariado no Centro, perto do escritório do pai dele, ele já casado, mexia comigo, acabei me apaixonando.

– E você foi amante dele dos 19 aos... quantos anos? Porque eu me lembro de ter recebido a notícia da morte dele, foi numa época em que você estava viajando...

– Fui amante até cinco anos atrás, até a madrugada do dia em que ele morreu. E eu não estava viajando. Embarquei no dia da morte. Nós combinamos assim, eu tinha uma passagem em casa, Rio-Milão-Paris-Londres. Quase o circuito Elizabeth Arden como dizíamos na minha juventude. A passagem e os dólares para embarcar sem problemas no dia em que ele morresse. "Não quero você no meu enterro, meu amor", ele dizia. Eu obedeci. Chorei quase toda a viagem.

Leda abraçou a avó apertado, sentindo, pela primeira vez, como ela estava magrinha e como era frágil no seu jeito arrumado de mulher antiga. Bela se afastou primeiro, passando a mão no rosto da neta, evitando os *piercings*, acariciando com o dedo o desenho dos malares.

– Agora eu vou mostrar uma coisa que eu quero que seja sua. O meu desejo é que você leve esse baú, no dia em que voltar para São Paulo, e use o que tem dentro com quem você quiser, com o Guto, ou não. Quando sua filha crescer, eu quero que ela receba o que sobrar dessa herança.

Bela puxou um baú de couro e começou a tirar robes chineses vermelhos, *lingerie* de cores quentes ou desmaiadas, cintas-liga, meias, combinações, espartilhos rendados, jóias. Um guarda-roupa erótico de época.

– Gente, que troço mais luxurioso! Isso é um guarda-roupa de odalisca, gueixa, cortesã, um verdadeiro camarim. – Leda mergulhou as mãos nas sedas, colocou um espartilho na frente do corpo, se enfiou num robe. – Um arsenal de sedução, D. Bela, meu pai é capaz de ter uma síncope se descobrir que a mãe dele tem essa natureza oculta! E a minha mãe então com aquele jeito *clean* dela?!

Bela ajeitou o robe que a neta enfiara de qualquer jeito.

– Essas peças me fizeram muito feliz. Garantiam o tamanho e dureza apropriados, se é que você me entende. – Ela sorriu para a neta. – Era bom brincar nesse palco, a vida ficava mais divertida.

– Quer dizer que você e o Dr. Régis, o advogado, aquele que me deu um relógio de presente de aniversário e disse que eu parecia com você, foram amantes na cara de todo mundo e ninguém percebeu. Sim, senhora. Estou pasma. Meu avô sabia?

– Não, claro que não. O tempo em que fiquei casada com seu avô foi o tempo em que eu tentei esquecer o Régis. Casei com 20 anos, separei com 25 porque reencontrei o Régis na rua. Fiquei cinco anos longe dele, o dia em que bati o olho, caí de novo no charme.

Elas ainda remexeram um pouco no baú, depois Bela ajudou a neta a arrumá-lo, trancar e levar para o quarto de hóspedes.

– Não precisa, vovó. Deixa aqui, quando eu voltar para o Rio eu pego.

– Não. Eu quero que você leve isso logo para São Paulo. Eu quero ver o quanto esse rapaz permanece com a teima de "não receber mais mensagens desse remetente", quando você usar essas roupas de odalisca perto dele. São antigas, mas são infalíveis.

– Ele não vai gostar.

– Vai. Se ele é como você disse, vai gostar de ser mimado. Todo mundo gosta. Espera aí, tem um pedaço de pano escapando de uma das pontas do baú ou é impressão minha?

Bela abaixou-se para conferir. Estava de costas para a neta quando Leda fez a pergunta.

– Vovó, porque você está contando essas coisas justo hoje, com essa franqueza toda?

Bela levou uns segundos sem se voltar, como se estivesse conferindo se o baú estava bem fechado.

– Acho que é porque eu escutei um pedaço da sua conversa no telefone e a história de não receber mais mensagem desse remetente e eu já fiz o que o seu rapaz fez. Um dia, Régis foi muito rude comigo e eu disse para ele: não me telefona mais, não me escreva, não apareça. A nossa sorte foi que ele não obedeceu.

Ela levantou e foi até a neta e de novo Leda sentiu como a avó era frágil num abraço apertado, mas como era quente o abraço.

– Diferença de idade, compromissos anteriores, opinião dos outros, tudo isso é conversa para boi dormir. Se você quer um amor, tem que aprender a lutar por ele.

– E como é que eu vou saber quem é o cara por quem vale a pena lutar?

– É o que tem um jaguar azul – disse Bela.

– Um jaguar azul?!!! O carro mais lindo do mundo?

– Achava chique ter um jaguar azul. – Bela sorriu para a neta. – Eu brincava com Régis que gostaria de passear com ele num jaguar azul pela avenida Atlântica ao meio-dia. O homem que tem um jaguar azul, um unicórnio dourado, um jeito especial de fazer a gente gostar da vida é o homem que dá para relevar os defeitos graves. Você promete que vai tentar lutar se ele for um homem assim?

– Prometo. – Leda sorriu, esfregando o nariz no da avó como fazia em pequena. – Você me dizia isso quando eu era pequena: "vou deixar a tigela de massa aqui, mas é para não mexer até eu voltar, você promete?".

– E você cumpria. Agora vamos dormir que amanhã o dia vai ser longo.

Na tarde do dia seguinte, Leda repetia para o pai, pela centésima vez – era a sua impressão –, o que a avó havia dito. A parte que interessava a ele.

– "Agora vamos dormir porque amanhã o dia vai ser longo", foi isso que ela disse, você tem certeza?

– Tenho, pai. Já falei 100 vezes.

– E daí se precisar falar 200?! Foi a minha mãe que falou, minha mãe, você está lembrada?

– Minha avó, pai, você pensa que eu não estou sofrendo?

Os dois ficaram calados, no espaço que ela arrumara da melhor maneira possível. Eduardo estava atormentado de um jeito que a filha nunca tinha visto.

– Pai, eu preciso te dizer uma coisa.

– O que foi, Leda? – perguntou Eduardo em voz baixa.

– Eu, quando era adolescente, sempre achei que você traía minha mãe de vez em quando.

– Por que isso agora, Leda?

– Acho que a vovó gostaria que nós dois fôssemos menos fechados. Eu quero ser menos fechada.

Eduardo fechou os olhos cansado, desde que a filha lhe telefonara, às nove da manhã, ele não havia parado ainda.

– Sabe do que mais? Eu, quando você era adolescente, sempre achei que você era lésbica de vez em quando.

Os dois se olharam espantados com a própria franqueza e começaram a rir.

– Psiu, não podemos dar risada aqui – censurou Eduardo fechando a expressão.

– Por que não? Acho que ela até gostaria – disse Leda.

– Ela pode ser, mas os parentes dos outros não.

Os dois ficaram em silêncio, tímidos do clima de confiança mútua que não era comum entre eles.

– Por que você achava que eu traía sua mãe?

– Por que você achava que eu era lésbica de vez em quando?

– Eu perguntei primeiro.

– Mas a minha pergunta é mais importante e você sempre disse que a precedência é das damas.

– Você continua a mesma trapaceira que era quando criança, meu Deus! – o pai sorriu relembrando. – Eu achava que você era lésbica de vez em quando porque você nunca sofria por causa de garotos como suas irmãs sofriam.

– Não era por causa das minhas amigas que mamãe implicava?

– Um pouco por causa delas também. Você fazia um gênero sedutor com as amigas. Você lembra disso?

– Claro que eu lembro. Eram sempre meninas menos bonitas do que eu, mais travadas e eu me exibia um pouco para elas... Engraçado você ter observado isso.

– Ah, mas homens prestam atenção nas mulheres o tempo todo. Agora me diz por que você achava que eu traía sua mãe.

– Porque eu nunca via vocês se beijando na boca, você nunca pegava na bunda dela, pareciam irmãos. Aí, de repente, você chegava em casa com um brilho diferente, comprava uma camisa nova, ficava ensimesmado olhando para a televisão. Eu pensava "papai arranjou uma amante e vai deixar a gente".

– Eu me apaixonava, mas não traía. – Ele olhou para o caixão de madeira clara circundado de flores brancas entremeadas de violetas e sacudiu a cabaça. – Eu traí poucas vezes. Em geral, ficava na paixão, jogava um charme, curtia umas fantasias escutando música...

– Eu me lembro. Você colocava jazz e ficava tomando uísque. Passava meses assim.

– Não eram meses, deixa de ser exagerada. Não me lembro de nenhuma paixão que tenha durado meses.

– Quem eram elas? As paixões?

– Mulheres que você não conhecia. Colegas de trabalho, uma divorciada que estudou comigo na pós-graduação. Mas você tinha razão, eu e sua mãe éramos como irmãos a maior parte do tempo.

Eles se calaram de novo, um servente entrou com uma coroa de flores, Leda levantou do banco, viu a faixa, era da diretoria do banco do amigo do amante da avó. Indicou onde deveria ser colocada, perto das cortinas que ela mesma arrumara, panos comprados numa loja na Nossa Senhora de Copacabana, grandes faixas lilás e verde-jade. O pai ficou observando, ela estava mais gordinha, muito branca como sempre, o *piercing* no nariz, outro na sobrancelha, a tatuagem no ombro aparecendo sob a bata dourada e a saia verde, bom que ela estava usando roupas mais claras. A saia parecia com as cortinas que ela improvisara para o velório. Raquel não ia gostar daquela combinação quando visse. Ele assistiu à filha chegar perto do caixão, acariciar a testa da avó e pensou se teria coragem em algum momento de olhar a mãe naquela caixa. Dormindo.

– Foi você que escolheu as roupas que vestiu nela? Sua mãe acha que você não deveria ter feito isso sozinha.

– Minha mãe sempre acha que eu deveria fazer as coisas de uma maneira diferente da que eu faço. Noutro dia, minha avó me banhou e me vestiu, num dia que eu queria morrer. Por que eu não vestiria minha avó morta?

– Você quis morrer, minha filha? – Ele se voltou para ela preocupado. – Tanta coisa que você esconde de mim.

– Eu acho que você tinha razão. – Ela passou o braço pelo braço do pai, encostou o rosto na manga do casaco dele. – Eu não sofria pelos garotos, eu me dedicava demais às amigas. Acho que eu deixei para sofrer tudo de uma vez.

– Você contou para sua avó? O que não contou para nós?

– Contei.

– E o que ela disse?

– Nada. Me serviu Coca-cola, um martíni para ela, e falou do passado.

– Ela te contou do amante?

A filha o encarou escandalizada.

– Você sabia? Desde quando?

– Claro que sabia. Cheguei do colégio mais cedo, um dia, eu tinha uns dez anos, me lembro que ainda não havia feito o exame de admissão ao ginásio. Ela estava sentada do lado da mesinha do telefone, com uma saia abaixo do joelho, uma saia azul-escura, uma blusa vermelha com decote em V, um lencinho no pescoço que combinava com os cabelos dela, os cabelos eram como os seus, bem escuros, e ela estava pedindo demissão do emprego, mas era como se estivesse demitindo o chefe. Estava brava como eu nunca tinha visto ela ficar, mas ela chorava também e aí eu descobri que o doutor Régis não era só chefe da minha mãe como eu pensava.

– E o que você fez? – perguntou Leda penalizada.

– Saí devagarzinho, fechei a porta da cozinha, fui para a escada do andar e sentei ali no escuro durante horas, acho, até ouvir minha mãe conversando com a passadeira que chegava à tarde, normalmente, e esperava até eu voltar da escola.

– Mas você não perguntou para ela, não conversou com seu pai sobre isso?

– Meu pai? Meu pai detestava sua avó! Ele nunca entendeu por que ela deixou ele e como ela conseguia sempre progredir e me manter num colégio caro e financiar um apartamento para mim quando eu casei. Mas eu sabia. Naquela noite, eu levantei para ir à cozinha beber água e a campainha tocou e eu achei estranho, olhei pela porta da cozinha e ele estava lá, abraçando minha mãe, beijando a testa, o rosto, os cabelos, dizendo "me perdoa, me perdoa". Uma cena de cinema.

– E o que você fez?

– Voltei para o meu quarto, tranquei a porta, deitei e coloquei o travesseiro sobre a minha cabeça para não ver, não ouvir, não saber que minha mãe, além de uma mulher desquitada, também era amante de um homem casado, chefe dela.

– Papai, que horror, ela era um doce de pessoa, amava você, era uma mulher adorável!

– Eu sei que é horrível dizer isso, mas nunca mais foi a mesma coisa. – Ele apertou a mão da filha. – Bom, pelo menos ela nunca soube que eu sabia, meu pai nunca soube quem bancava o nosso conforto e eu consegui ser um bom marido, um bom pai, um bom filho.

– Você acha que ela se matou? – perguntou Leda depois de algum tempo.

– Leda! Se a sua mãe escuta você dizendo isso! – a repreendeu Eduardo.

Ele ficou em silêncio, zangado com o comentário da filha, com a hipótese que estava em sua mente desde o momento em que Leda lhe ligou chorando, de manhã.

– Será que o médico dela teria assinado o atestado de óbito tão fácil se ele suspeitasse dessa hipótese? – inquietou-se Eduardo.

– Era médico dela há anos. Vovó saiu sozinha anteontem de manhã, voltou com a maquiagem borrada, eu perguntei para ele, como quem não quer nada. Ela esteve no consultório dele. Ele confirmou – disse Leda. – Para mim, ela chorou com alguma notícia definitiva.

– Você não pode afirmar isso. Cadê os exames dela? – Eduardo passou a mão na nuca e ele mesmo respondeu. – Devem ter sumido. Se ela quisesse que a gente soubesse o resultado, teria contado. Sua avó só fazia o que ela queria, do jeito que ela queria.

– Puxa, pai, você está falando como se estivesse com raiva da vovó.

– Raiva?! De onde você tirou essa idéia? Eu adorava minha mãe. Fui fiel a ela a vida inteira. Só gostaria que ela fosse mais parecida com as outras mães. Engordasse, perturbasse filho e nora, fosse carente de atenção. Mas não. Dona Beatriz estava sempre em cima do salto alto. Nem quando o Régis morreu, ela desceu. Então ela contou para você que eles foram amantes. Você foi privilegiada, ela não contou para mais ninguém.

– Daqui a pouco, as pessoas começam a chegar – disse Leda mudando de assunto.

– É verdade. Sua mãe prometeu que ia cancelar todos os compromissos dela depois das cinco para chegar mais cedo.

– Mamãe não era muito próxima da vovó, mas elas se gostavam, não é?

– Sua mãe nunca entendeu sua avó direito, mas respeitava a independência dela, digamos assim.

– Mamãe convocou os parentes para que horas?

– Acho que disse para eles chegarem depois das seis.

– Vai ser uma invasão dos seus cunhados e sobrinhos, não vai, papai?

– Dos seus tios e primos, Leda. Vai ser uma invasão.

– Papai, antes que eles cheguem, eu quero contar uma coisa.

– Pode dizer, Leda. Agora a gente já contou tudo.

– Não contamos não. – Ela passou a mão pela ponta do nariz, lembrou da avó, esfregando o nariz dela, lembrou do abraço. – Eu estou grávida de um ex-namorado que só tem 19 anos.

– Bom, e eu tenho uma amante há dois anos.

– Você vai deixar mamãe para ficar com ela?

– Você vai ter esse filho?

– Dessa vez, eu realmente perguntei primeiro, pai.

– Você tem razão. – Ele respirou fundo. – Eu não sei ainda o que eu vou fazer.

– Eu também não – disse Leda e abraçou o pai.

Do que os homens têm medo

O homem fingiu dormir quando pressentiu a chegada da enfermeira. Sabia que ela colocaria as revistas na mesinha de cabeceira, conforme ele orientara no primeiro dia, na primeira gorjeta, no momento da abordagem de tímido bem-educado que gosta muito de mulher. Ela deve ter comentado, na mesma hora, com as colegas do plantão: "O velhote do 502, aquele que está morre, não morre, me pediu que comprasse revistas femininas, me deu os nomes, pagou adiantado. Ele não parece *gay*. Por que será?"

Gostava de ler revistas femininas. Gostava dos assuntos alegres, do tratamento irreverente. É verdade que não acreditava que mulheres fossem dotadas de senso de humor, deixavam sempre um amargo de queixa nas suas brincadeiras. Alguns artigos que lia imaginava terem sido escritos por homens. Confidências: "fui para cama com dois irmãos casados, umas quatro vezes, me diverti horrores e, até hoje, somos amigos". Será que uma mulher escreveria isso? Ele se espantava divertido. Pensava que não. De qualquer forma, ele gostava de vê-las nas páginas coloridas, rir do que contavam. Mesmo que mentissem.

A enfermeira deixou as revistas e saiu. Ele esperou um pouco e depois, com infinito cuidado, tratou de se colocar de pé. Não queria quebrar nada. Nenhum osso. Não agora que todas as suas contas estavam arrumadas.

Não deixaria equívocos sem esclarecimento. As dívidas mais ou menos pagas. É claro que não haveria perdão. Isso seria impossível. Nem diminuição da culpa. Ou do remorso. Esclarecimentos, alguma indenização, fizera o possível.

Ele acreditava que alguns crimes mereciam castigos públicos, monstruosos como eram nas suas conseqüências. Por isso, a forca com platéia, a fogueira idem. Não haveria platéia para sua exposição de erros graves.

Conseguiu, suando frio, juntar as folhas manuscritas durante as semanas de internação e fechá-las no envelope que já estava endereçado. Aquela fraqueza, a dependência completa, podia ser o seu castigo, afinal, ou mais um pretexto para adiar a resolução. Não. Quando a enfermeira voltasse com os remédios para as dores, ele pediria a ela que entregasse pessoalmente o envelope. A confissão estava pronta.

* * *

Não sei como iniciar esse relato, o inventário dos meus medos, minhas fraquezas, meus erros. Começo então pela força de outra. A mãe do meu filho. Intensidade e, ao mesmo tempo, alegria, contentamento por estar viva. Essa é minha tradução de força. Eu nunca tive contentamento. Cada dia para mim sempre foi um fardo, mais uma lista de obstáculos a vencer. Às vezes, eu chegava às seis horas da tarde e não sabia como tinha conseguido fazer tanto, aturar tanto, mentir tanto.

Porque eu sempre menti muito. Fui simpático com quem odiava, sorridente quando a raiva me consumia, doce quando o sentido de humilhação me queimava. Morria de medo de tudo. Do patrão, da mulher, da sogra. Medo de demissão, de briga, de escândalo. Por isso, mentia.

Fazia de conta que era uma pessoa cordata, meiga, com senso de humor, quando por dentro me senti sempre feio, desarrumado, com um suor fedorento, meio sujo. Nem um litro de água-de-colônia apagava o cheiro de infelicidade. Por isso, eu fingia.

Quem sabe por isso também eu me apaixonasse tão violentamente. Quando uma mulher ia com a minha cara, ria dos meus gracejos, aceitava meu assédio de tímido com bom papo, eu me derretia todo. Passava a sonhar com ela, viver por conta dela, num deslumbre de ser desejado, amado apesar dos meus defeitos.

Aturei sempre tudo das mulheres que amei porque nunca me senti digno delas. Quando calhava de, depois do amor, acordar ao lado de uma paixão, eu pensava: "e se ela descobrir que eu sou uma fraude e não me amar mais?"

A mãe do meu filho não fingia, era alegre. Não era um fantasma semimorto de tristeza como eu. Ela possuía vida.

Eu a conheci pelo telefone, sem vê-la. Liguei para a firma onde ela trabalhava atrás de uma informação qualquer, ela atendeu. Pelo telefone conversamos semanas, meses e, a cada dia, era mais excitante conversar com ela, descobrir o que ela pensava, o que esperava da vida, a maneira (tão diferente da minha) de lidar com as pessoas.

Ela não sabia que eu era casado, 38 anos, pai de três filhos. Falar no telefone para mim era o bastante, mas ela amava a vida, eu já disse. E a queria concreta, sem véus, sem mistério. Para isso, eu precisava encontrá-la. Como me custou. Evitei o quanto pude. Sumia uma semana, duas, na esperança de convencer a mim mesmo de que não tinha o direito de estar me envolvendo com uma garota de 20 anos. Passional, ainda por cima.

Ela adorava, odiava, desprezava fulano ou beltrano, sem meias medidas.

– Amar ou não amar, eis a questão – eu brincava com ela. Pelo telefone. – Você é muito trágica – eu dizia, sempre pelo fio, numa mistura de crítica e desejo, sem coragem de encontrá-la.

Conversava com a desconhecida e a imaginava na cama. Dormia com minha mulher, amava minha mulher, pensando na voz jovem com quem conversava no trabalho.

Era datilógrafa num escritório na Senador Dantas, a mãe do meu filho. Naquela época existia isso. Escritório de datilografia. Eu trabalhava na avenida Rio Branco, telefonava para ela todos os dias antes de sair para almoçar com minha mãe e, de noite, aturar minha mulher.

Esta talvez tenha sido a maior diferença entre nós dois. Eu aturava tudo, ela não aturava nada.

Minha amada. Só agora, velho e acabado, sou capaz de escrever essas palavras. Para mim, ela foi primeiro o sonho de mulher ideal, depois uma mulher inesquecível e mais tarde uma culpa torturante da qual eu precisava me livrar a todo custo, inclusive destruindo-a, negando-a.

Ela era uma mulher que não negava o que sentia. Isso era muito assustador. Porque o sim significa que alguma coisa deve estar errada, talvez ela diga o mesmo para qualquer outro, talvez esteja mentindo porque tudo ficou fácil demais.

Estou me afastando da história e com isso me afasto da expiação da minha culpa. Voltando. Conversei com ela por telefone meses. Não era um diálogo explícito porque não se usava na época agir assim. Ou talvez porque nós dois fôssemos mais sutis. Não sei. Mas a cada dia, ela me conhecia mais, sabia mais dos meus segredos, mesmo sem saber o básico, o específico.

Sempre voltava a ligar porque era mais forte do que eu. Precisava ouvir sua voz, sua gargalhada, a sua confiança de quem não tem medo.

Levei muito tempo para descobrir que sua falta de medo era por não ter a quem prestar contas. Ela era livre de qualquer consideração porque sabia que, fizesse o que fizesse, não teria a aprovação da mãe. É fácil fazer o que se quer quando ninguém se importa.

O certo é que, depois de dois meses de telefonemas diários, a moça queria me conhecer. As colegas já reparavam, especulavam, quem é esse sujeito, feio, bonito, se fosse bonito já teria se mostrado, é feio, deve ser velho, 80 anos. Gozavam a menina e ela me contava, às vezes, brincando, às vezes, zangada. Não com as colegas, mas comigo que não mostrava a cara. Enfim, capitulei.

Simples assim. Disse que marcava o encontro temido. Numa confeitaria na esquina da Sete de Setembro com Uruguaiana, a Cavé. À tarde. Não funcionou.

Ela queria almoço, era a hora que podia sair do escritório, eu inventei que meio-dia era um horário sem romantismo, insisti que fosse às três horas, sem querer admitir que para mim seria custoso não almoçar com minha mãe como fazia durante a semana. Todo dia.

Aquele horário era impossível. Datilógrafas não tiravam horário de almoço no meio da tarde. Sugeriu cinco, era tarde para mim, começaríamos a conversar na saída dela do trabalho, que horas eu chegaria em casa? Sete, oito? Minha mulher saberia imediatamente que alguma coisa estava acontecendo.

Eu traía minha mulher. Traía a esposa com qualquer uma que desse chance. Algumas davam. Mesmo naquela época, final dos 40, início dos 50, sempre existia alguma casada mal-amada, recém-separada, viúva ou solteira atrevida, disposta a escutar uns elogios e me acompanhar até a *garçonnière* de um amigo.

Era assim que se fazia. Cantava-se a mulher e era levada para um lugar discreto. Não para evitar a culpa, sempre havia alguma culpa envolvida, claro, se não perderia a graça. A *garçonnière* era a segurança de prazer sem punição.

Se uma mulher casada fosse vista entrando num prédio respeitável na rua Santa Clara em Copacabana e alguém contasse para o marido, ela poderia responder sem dor na consciência:

– Fui à modista.

– Mas para quê, você sempre fez seus vestidos com a dona Terezinha aqui do bairro. Que história é essa? – insistiria o imbecil, sem entender que existem coisas que não se perguntam, muito menos se apuram.

– Certos vestidos não dá para fazer com costureira de bairro, precisam de acabamento mais fino, um corte melhor – ela responderia olhando nos olhos dele, inocente.

Eu era o acabamento mais fino, o corte melhor. Revigorava o casamento delas. Quando conseguia conquistá-las. O bom de conquistar uma mulher casada é que não precisamos conquistar também um problema. Elas não querem deixar o marido, os filhos, se arriscar ao escândalo. Não queriam, naquela época.

A *garçonnière* garantia a mentira. Inventar um pretexto para ter sido vista saindo de um hotel suspeito era muito mais difícil. Não impossível, porque tem gente que arranja desculpa para tudo. Mas complicava a guerra além do necessário.

O problema era que eu me apaixonava por uma ou outra. Com algumas eu conseguia passar uma tarde em Copacabana e não ver mais. Para outras, eu escrevia cartas apaixonadas sobre como a vida seria boa sem empecilhos para impedir o nosso amor de ser completo, permanente, eterno. Assim mesmo. Cartas derramadas, cartas de mulher. Um amigo meu, a quem mostrava, de vez em quando, as cartas, uma vez me disse:

– Rapaz, você escreve cartas de mulher. Se eu não soubesse que você leva mulheres para a minha *garçonnière*, se eu não fosse testemunha do quanto você é safado, eu diria que você não é homem. Vê se homem escreve umas bobagens dessas! – Ele chamava algum colega, lia em voz alta o parágrafo mais piegas e perguntava: – Homem escreve isso?

Todo mundo concordava com ele, até eu concordava, mas continuava escrevendo porque sempre dei muita importância às mulheres que me despertavam paixão e queria que elas soubessem.

Era dele o apartamento dos encontros, era para ele que eu contava as conquistas. Algumas, eu entrava em detalhes. Sobre ela, a mãe do meu filho, não. Foi o segredo mais bem guardado da minha vida. Minto. Mostrei uma vez, de longe, porque não resisti à gabolice. "Está vendo aquela magra ali, morena, alta, mulher para 400 talheres? É ela." Só fiz uma vez, mas fiz. Eu jurei que não mentiria hoje. Não vou mentir.

Se as mulheres para quem eu escrevia guardassem as cartas, existiriam milhares e milhares de páginas testemunhando minhas paixões sem remédio. Só que elas liam e jogavam fora porque também não queriam provas espalhadas por aí. Pena que não tenha sobrado nada. Eram manifestações sinceras.

Era este o esquema quando ela me propôs um encontro no final do expediente. Agora, olho para trás e não sei se foi cinismo, covardia ou intuição o que orientou minha atitude.

– Não, hoje não posso, vou fazer serão, a mesa está cheia de papel, quem sabe na semana que vem...

Ela não disfarçou a reação de orgulho ferido que, mais tarde, eu descobriria ser sua marca.

– Você não quer me ver, está se escondendo, me faz um favor, sim? Não me liga mais. – E bateu o telefone.

Esta foi minha chance, a última ou penúltima, não sei, de não me transformar num canalha completo. Minha mulher era uma onça de ciúmes, a garota era solteira, jovem demais, empregada dos outros, não tinha a liberdade de ação que eu precisava nas minhas aventuras. Fim de linha, fim de caso, vou aproveitar o pretexto. Pensei.

Agüentei duas semanas. Minto, 12 dias. Eu contava. "Hoje não liguei." Vencera um dia, sem ela, garantindo compromissos. Vitória amarga. Trabalhava, almoçava na minha mãe, ia para casa, levava doces para minha mulher, cumpria minhas obrigações conjugais. Era assim que eu me sentia. Cumprindo uma obrigação. Não era difícil porque, naquele momento, eu estava sem ninguém. Tão apaixonado pela menina que não conseguia olhar para outra mulher na rua. Não cantava ninguém, me torturava na dúvida durante o dia, mas chegava em casa, à noite, desesperado por sexo. Aquela castidade de voz, ou melhor, aquele celibato de ouvir, ordenado por ela, "não me liga mais, viu?", me enlouquecia porque nenhuma outra mulher tinha graça. Só ela.

No escuro, eu beijava minha mulher pensando nela, pegava no corpo da minha mulher e pensava nela. Ela, ela, ela.

Minha mulher ficou furiosa com a intensidade com que eu a procurei naqueles dias.

– De novo? Ontem não foi o bastante?

– Não, não foi, meu anjo. Eu preciso de você. – Eu tentava seduzi-la com a verdade, mas não fazia efeito.

– Estou cansada, estou com dor de cabeça, você não tem consideração, não vê que eu trabalhei o dia inteiro cuidando dessa casa e dos seus filhos, esses meninos me tiram do sério.

Reclamava, mas cedia, porque a mãe dela, uma megera que Deus tenha em bom lugar e não venha pela lembrança, dizia que uma mulher não deve deixar de cumprir com seus deveres matrimoniais porque, senão, o homem vai procurar outra na rua, safados como os homens são.

Ela se achava uma grande entendida em homens e era uma formidável virago, de meter medo. A filha a adorava, a admirava muitíssimo. Por causa dessa admiração cega pela mãe, minha esposa, naqueles malditos 12 dias – em que eu não conseguia traí-la com ninguém porque pensava na outra o tempo todo – cedia aos meus arroubos sexuais. De má vontade.

Resisti 12 dias. O medo me ajudava a resistir. Ela podia me achar velho, branco demais pelo tempo que passava no escritório, trancado a cuidar do dinheiro da família. O que ela pensaria dos meus ombros caídos, da minha barriga cabeluda, o abdômen frouxo de quem nunca nadou quilômetros na praia, nunca jogou futebol ou tênis? Ela gostava de praia, me confessou uma vez. Sempre que podia saía do subúrbio onde morava com a mãe, pegava um lotação até o Centro e um bonde até Copacabana e ficava na praia se bronzeando. No décimo terceiro dia, entreguei os pontos. Liguei para ela, deviam ser umas 11 horas, me sentindo um miserável, mas disposto a qualquer coisa para escutar a sua voz. Para encontrá-la, para sentir seu cheiro. Porque algo me dizia que aquela mulher, uma menina ainda, teria um cheiro especial que ficaria em mim. Bem se vê o quanto ela me alucinava. O pior, eu descobri depois, é que ela tinha mesmo e o cheiro se incorporaria a minha memória para sempre.

Liguei, atendeu uma colega, disse que ia ver se ela estava. Achei estranho, tive a impressão de que ela combinara com as amigas de não passarem meus telefonemas, quase desligo na minha carência de apaixonado que se sabe mal casado, problemático, feio. Desligo, não desligo, levou uns minutos, ela atendeu.

Alegre como nunca, bendizendo a sorte que me fizera ligar justo naquele dia, o último dela no escritório. Sorte por não ter se perdido de mim.

– Já pensou se nunca mais nos falássemos? Se nunca mais nos víssemos? – Não cabia em si de contente. – Já pensou se eu me perco de você?

Quase respondi “Deus me livre, eu nunca me perdoaria pela covardia”, mas, ao contrário, fiz minha voz mais galante e disse:

– Por você, eu contrato um detetive particular, reviro a cidade de São Sebastião do Rio de Janeiro pelo avesso. Eu nunca vou me perder de você.

Disse isso e mais não sei quantas dessas bobagens que um homem diz quando está apaixonado e quer porque quer uma mulher.

Ela estava mudando de emprego, mas podia me encontrar naquele mesmo dia. Ia se dar aquela tarde de folga, já estava programado mesmo.

– Que tal um chocolate na Cavé?

Tive vontade de comemorar aquilo como um gol do meu time do coração. Ela me queria também, talvez por curiosidade, quem sabe interessada só na voz, mas já era um começo.

Foi assim que ela me viu pela primeira vez. Eu sentado na confeitaria, às três da tarde, com um terno cinza mal-ajambrado e uma camisa qualquer, uma gravata sem estilo. Nervosíssimo. Ela chegou atrasada e como eu estava a postos 20 minutos antes do horário, já perdera a esperança que aparecesse.

Vestido verde, o cabelo ondulado para o lado no estilo de uma atriz americana da moda, não me lembro qual, o sorriso aberto, lindo. Ela era toda linda, pensei, enquanto levantava atarantado e me apresentava.

Eu a conhecia, de vista, me dera ao trabalho de rondá-la na saída do trabalho, mais de uma vez. Ela me via pela primeira vez. Fiquei olhando minhas próprias mãos com medo de levantar os olhos e encontrar uma expressão atônita ou, o que seria pior, de desgosto com minha aparência. Mas não, ela estava contando, animada, sobre seu novo trabalho, corretora de imóveis, num escritório minúsculo na Senador Dantas, cedido por um político, amigo do ex-patrão.

Eu fiquei ali, só ouvindo, fascinado com o otimismo que levava alguém a largar um emprego seguro para se arriscar no território desconhecido da comissão por venda, ainda mais dependendo de favor dos outros. De repente, sem mais nem menos, à queima-roupa, ela perguntou, ou pediu a confirmação da suspeita das colegas do emprego anterior.

– Me diz a verdade: você é casado?

Hesitei. Um lado meu queria dizer que não e ir em frente. O outro lado pensava que ali existia perigo demais. Ela era mais inocente do que parecia no telefone e mais intensa também. "Essa mulher tem jeito de ser um vulcão" foi meu pensamento.

– Sou. – Tirei a aliança do bolso onde havia escondido. – Sou casado e sou um canalha por ter enganado você tanto tempo.

Quando meu amigo Carlos Renato, o tal que me emprestava a *garçonnière*, soube disso, só faltou me matar.

– Como?!!! Você com a mulher na mão, o que custava uma mentirinha?

– Não consegui enganá-la. Ia ter que contar a verdade, mais cedo ou mais tarde.

– Contava a verdade depois, pateta.

– Ela ia me odiar.

– Você inventava uma história. Escuta essa que eu já usei: "minha esposa resolveu voltar para casa, meu bem, eu tenho que aceitá-la, tem problemas de nervos, incurável, preciso pensar nas crianças..."

Ele seguiu com essas e outras desculpas melodramáticas do mesmo quilate, segundo ele infalíveis para a moça não se sentir jogada fora.

– Porque dá para dispensar uma mulher sem ganhar uma inimiga. É tudo uma questão de jeito – ele disse.

Mas eu não era ele. Contei e ela achou da maior nobreza a minha atitude. Não a de antes, a de passar três meses no telefone sem contar. A de mostrar a aliança na hora H.

Depois eu descobri que era o seu jeito. Não lembrava o percurso das pessoas, só o que elas faziam por último. Na hora, adorei a falta de memória que apagava os telefonemas. Mais tarde, esta mesma característica nos traria mil aborrecimentos.

Naquele primeiro encontro, ela achou que eu era um homem de caráter porque, apesar de apaixonado, dizia a verdade e não queria estragar a vida dela com apenas uma aventura.

– Quantos homens seriam capazes de abrir mão de uma mulher por uma questão de princípios? – ela me perguntou maravilhada.

Nenhum, eu poderia ter respondido, como filho do meu pai, irmão dos meus irmãos, amigo de meus amigos, e companheiro, 24 horas por dia, de mim mesmo. Homem não desiste de mulher em nome de uma abstração. Eu não estava desistindo dela por um princípio. Estava abrindo mão de uma mulher que me assustava. Pela beleza, pela juventude e pela coragem de largar um emprego sem ter onde cair morta. Não existia nobreza no meu gesto. O desejo de me preservar era maior do que meu desejo por ela. Só.

Eu não tinha consciência de tudo isso, no momento, mas foi um alívio, mesmo que doloroso, quando ela foi embora. Para o seu novo escritório, sua nova vida, longe do antigo emprego.

Passei uma semana me consolando da atitude sensata e olhando todas as mulheres que passavam por mim, qualquer uma que me fizesse esquecê-la. Não incomodei minha mulher. Fui com Carlos Renato, sempre ele, a uma casa discreta. Uma morena magra, de olhos fundos e pouca alegria, resolveu por alguns minutos o meu problema, sem cobrar demais.

No final daquela semana, ela me ligou. Esqueci de contar. Antes de nos despedirmos, ela perguntou o meu telefone de trabalho, anotou numa caderneta de capa preta e disse:

– Um dia te ligo para dar o meu novo número.

Ligou, deu o número do escritório, disse que estava vendendo um imóvel no Catete e deu o bote: queria ser minha amiga, já que eu não era candidato a noivo.

– Não posso ser candidato a noivo, querida, é o que você merece, um noivo – foi o que eu disse, na Cavé, no primeiro encontro, na tentativa de suavizar o mal-estar com a minha condição de casado. – Não um cara velho, casado e triste como eu.

Quando ela falou em sermos amigos, no telefone, eu devia ter pressentido a intenção por detrás. Onde já se viu mulher ser amiga de homem? Só se for cabeleireiro, costureiro, algum desses sujeitos que não ameaçam com galanteios mais perigosos.

Onde estão meus cigarros?! Tem hora que é quase insuportável ficar sem eles. Horas como essa, de lembranças soterradas. Às vezes, eu penso nela como um corpo coberto por camadas e camadas de enganos e hipocrisia, só o rosto de fora, os olhos negros, o riso, o cabelo que era castanho-escuro, mas, a partir de uma determinada época, ela começou a pintar de louro, vermelho, preto, não sei para quê. Quando penso nela enterrada viva na sua sepultura, tenho tanto dó, tanto remorso que a vontade de fumar fica terrível.

Vou tentar acabar essa história, a verdade que eu prometi, sem fumar. Às vezes, penso que se eu não fumasse esses anos todos uma bomba teria explodido dentro de mim. De saudade, de culpa.

Eu estava contando da surpresa com o oferecimento de amizade. Era muito menos do que eu queria, mas era bastante para o que eu tinha coragem de dar. Adorei que ela tivesse ligado, me senti vaidoso da importância que ela me atribuía, feliz de poder, a partir daquele momento, flertar abertamente sem ter que ir às vias de fato. Afinal, ela sabia que eu era casado e não era candidato a noivo. Me senti um homem nobre e, ao mesmo tempo, um homem indispensável. Combinação perigosa para minha vaidade, perigosa para o desejo dela.

Dia sim, dia não, ela me ligava. Dizia dos contatos que estava fazendo para vender imóveis, a primeira comissão, os elogios do político que cedia a sala para ela tocar o pequeno negócio, os livros que gostava, um amontoado de Biblioteca das Moças, aventuras de um Zorro chamado Coyote e leitura edificante kardecista. Ela me fazia rir na autenticidade com que cometia erros de português na conversa – "pra mim fazer" –, no entusiasmo com que comentava as bobagens que lia. Não J. Marloqui, o catalão que escrevia *O Coyote*, mas o restante, por favor!

– Você precisa ler Dostoievsky. É maravilhoso, um russo que sabe tudo sobre a vida – eu protestava por telefone.

– Me empresta que eu leio – ela respondia e a gente acabava tomando um café, em pé, no balcão de uma lanchonete, na esquina de Senador Dantas com Largo da Carioca, bem ali no

Tabuleiro da Bahiana, ela sempre atrasada. Ela chegava linda e feliz, perfumada sempre, ah, que cheiro tinha aquela mulher!

– O russo é muito triste, gostei mais daquele sobre a Catarina de Médicis. – Ela preferia romances, emoções fortes, mas com alguma esperança de que as coisas dessem certo. Odiava amargura, o meu amor. Michel Zevaco, um dos meus autores prediletos, a encantava não pelo painel das torpezas e vilania da corte francesa e sim porque Pardillan, seu herói, sobrevivia a tudo.

Aos poucos, com aquelas conversas quase diárias, eu me apaixonava completamente. Nunca alguém havia me escutado com tanto fervor, tanta admiração. Para ela, eu podia entregar o que existia mais fundo em mim. Me abria, falava da minha mãe, falava até, com um certo pudor, da mulher em casa, filhos, a ida com eles ao futebol nos domingos.

Um dia, voltamos à Cavé para comemorar com mil-folhas e guaraná caçula a venda de um apartamento. O primeiro dinheiro grande que ela ganhava na vida. A venda do apartamento e o meu aniversário. Nesse dia, eu contava de uma travessura qualquer do meu filho que já se fazia rapaz quando ela me interrompeu:

– Eu adoraria ter um filho com um homem que eu amasse.

O homem que ela amasse. Este pedaço me sacudiu. Eu não queria que ela tivesse filhos com outro homem. Eu não queria que os seios que eu adivinhava por sob a blusa branca, sob a combinação, se enchessem para alimentar o filho de um qualquer.

O político, o tal da sala, me tirava o sono, reconheci durante aquele súbito acesso de ciúmes. E se ela resolvesse ceder a outro homem casado que não fosse eu? Porque é claro que ele a desejava. Por que um homem emprestaria uma sala comercial a uma menina se suas intenções não fossem as piores possíveis?

A frase ficou no ar, ela olhando para mim, direta e inocentemente como se fosse normal uma garota da idade dela falar de filhos com um homem da minha idade e aliança de outra mulher no dedo. Não sei quanto tempo durou a frase, mas, em seguida, ela mudou de assunto:

– Quer saber qual foi a reação das colegas do escritório quando eu contei que você me mostrou a aliança no nosso primeiro encontro?

– Quero saber tudo o que acontece com você. Sempre. – Eu senti minha voz emocionada. Será que ela percebeu? Não sei.

– Umas acharam você o maior. Mas sabe a Vera? Eu já falei dela para você. Uma que é magra que nem palito. Ela disse assim: "Vai nessa, vai. Não existe homem nobre, existe homem desinteressado. Este cara pode passar sem você, por isso contou a verdade." Foi o que ela disse – concluiu. Sempre me olhando diretamente.

Esta tal de Vera tinha colocado na sua cabeça que eu a achava feia, sem graça, sem *it,* que era a outra maneira com a qual nós nos referíamos ao *sex-appeal* que tornava as louras de filme americano irresistíveis.

– Que bobagem, que bobagem. Você não acreditou numa coisa dessas, acreditou?

– Talvez se eu fosse loura... – Ela fez um beicinho sério ao dizer isso e eu caí.

Caí aos seus pés, naquele instante. Não queria que ela fosse loura ou se sentisse preterida por alguém. Mesmo que esse alguém fosse eu.

– Meu anjo, eu não acho você desinteressante, ao contrário, você é a mulher mais atraente que eu já encontrei na minha vida. A mais apaixonante. Nem em sonhos, poderia existir alguém como você.

– Então prova. Prova que eu sou essa mulher.

Ela me disse isso às quatro da tarde, no dia do meu aniversário. E eu sabendo que minha sogra e meus cunhados estariam às sete na minha casa para comer um bolinho que minha mulher deveria estar, àquela hora, preparando. O que eu podia fazer? Beijá-la na boca para provar que a amava? Em público? Não. Mas a tentação era irresistível. O acesso de ciúmes foi sucedido por um acesso de loucura.

– Eu provo. Se você me acompanhar a outro lugar, um lugar onde possamos estar só nós dois.

– Eu vou aonde você quiser.

Nos perdemos os dois, naquele minuto. Eu pedi a conta e liguei do telefone do balcão para o Carlos Renato, morto de medo de que ela mudasse de idéia. Medo que ela levantasse quando o garçom trouxesse o troco, desistisse no caminho até Copacabana, recuasse quando eu abrisse a porta do conjugado que meu amigo chamava *garçonnière*. Não vou nem tocar no medo de que ela me achasse velho ou feio quando eu tirasse a roupa. Se eu chegasse ao ponto de tirar a roupa, se nenhum raio se abatesse sobre minha cabeça antes, tudo daria certo. Meu corpo não me trairia. Não com aquela mulher. Seria azar demais.

Ela ficou comendo migalhas de mil-folhas, na maior calma, enquanto eu avisava a Carlos Renato que estava indo e atalhava suas perguntas cabotinas. Depois, na mesma tranqüilidade, sorriu quando eu puxei a cadeira para que levantasse e me seguiu em silêncio até o táxi que eu paguei com o dinheiro que minha mulher havia me dado para comprar flores para a festividade da noite.

Afastei a espetada deste pensamento inoportuno enquanto segurava a mão dela no carro que nos levava pela praia. Minha mulher, naquela época, não trabalhava fora e uma das suas funções em casa era controlar o meu dinheiro.

Desde meu primeiro emprego, aos 15 anos, eu entregava o que ganhava para minha mãe e recebia, todos os dias, o suficiente para ir e voltar do trabalho. Casei, passei a entregar para minha mulher. Me parecia natural este arranjo. A única dificuldade eram gastos extraordinários como aquele táxi pago com o dinheiro das flores. A bronca seria terrível.

Foi terrível, mas não me importou. Não depois daquele final de tarde.

É especial a sensação de tirar a roupa de uma mulher, muito desejada, pela primeira vez. Para mim, sempre foi um momento emocionante, decisivo. Na minha opinião, o corpo visto pela primeira vez, aos poucos, a cada peça que se retira, merecia ser fotografado. Mais ainda porque era o corpo dela.

Começou naquele final de tarde o nosso romance. Clandestino por causa do meu casamento. Clandestino por causa da família dela.

A mãe do meu amor era uma mulher sofrida e rigorosa, de quem ela falava com certo ressentimento. Esta mãe, no entanto, não podia ser decepcionada. Daí os segredos todos, as meias-verdades, as mentiras, as fantasias.

Eu era um segredo. Confortável minha posição, você deve estar pensando, lendo. Claro, como é que a única filha mulher chega para a mãe, em 1950, e diz:

– Mamãe, estou apaixonada por um homem casado, pai de família, covarde demais para se separar da mulher.

Era difícil. Eu admito. O que me consolava, na época, era que ela escondia outras coisas também. Escondia as cantadas que levava do político que emprestava a sala e do qual eu morria de ciúmes. Escondia as pequenas, médias e grandes desonestidades que ele fazia e que ela assumia em troca de oportunidades para fazer negócios de corretagem, em troca de apresentações a pessoas com as quais ela podia ganhar dinheiro.

Porque se a minha questão era trabalhar feito um louco para que nada faltasse a minha família, o objetivo dela era ser rica para tirar a mãe da casa suburbana, ajudar os irmãos, as cunhadas, os sobrinhos pequenos.

O certo é que ficávamos, depois do amor, naquele apartamento emprestado pelo Carlos Renato, a fumar e a contar nossas histórias. Ela contava bem as histórias. Tinha sempre uma explicação para o comportamento das pessoas e, quanto mais ela lia os livros que eu amava, melhores eram as histórias e melhores eram as explicações. Isso me fascinava.

Ela mudava um pouco o que contava, a cada vez que contava, e eu ficava em dúvida se mudava porque descobrira um detalhe novo ou se mudava porque no momento a versão mais recente a satisfazia mais. Como era uma contadora de histórias maravilhosa e eu um sultão apaixonado, não atentava para as nuanças. Não naquele tempo.

Ela foi criada num clima de histórias, brigas e segredos. Coisas que se supunham, a respeito das quais não se devia comentar. Uma lei implícita indicava que devia se agüentar as dificuldades sem revelar os segredos que existiam por trás. Ela seguia essa lei enquanto vivia suas opções secretas. Como ela deve ter agüentado sozinha a história do ex-chefe.

Na época, eu só conseguia sentir ciúmes, ódio do sujeito que se aproveitara dela, fora o primeiro. Muitos e muitos anos depois, camadas de erros graves e conseqüências piores ainda, foi que eu parei para pensar como uma mulher tão sensual e amorosa deve ter se sentido, desvirginada por um canalha como ele. E ela deve ter voltado para casa, pego o bonde, o lotação, feito todo o trajeto, lembrando das mãos suadas, da falta de cuidado e carinho com que ele fizera tudo.

– Eu volto para a casa em êxtase quando passo a tarde com você – ela me dizia com seu sorriso maravilhoso.

– Eu também – eu repetia, feliz por ser diferente do canalha do qual ela só me falara uma vez. Era verdadeiro o meu enlevo, mesmo vivendo com outra mulher e, eventualmente, caindo em tentação com uma segunda, uma terceira. Ela ocupava meus pensamentos e meus sentidos o tempo todo.

Esta é uma diferença entre homens e mulheres que ela nunca conseguiu entender. Aliás, eu não conheci mulher alguma que entendesse. Eu a amava, mas desejava outras mulheres, procurava outras mulheres. Era a única coisa que eu escondia dela. Me consolava saber que apesar do nosso amor ser clandestino, confiávamos um ao outro coisas que não contaríamos a mais ninguém.

Meu amor era uma ouvinte maravilhosa, solidária, não crítica. Ao contrário de minha mulher, que tinha sempre uma contestação para qualquer caso que eu contasse. Era leal em tudo e por tudo. Leal em ficar do meu lado em qualquer relato de briga ou desavença. Ela me amava e eu estava certo. Eram os dois princípios que ela seguia, como uma religião.

Por esses princípios, não contou para a mãe e para os irmãos que estava grávida.

O mais sensato seria um aborto, claro. Foi o que pensei quando ela me contou da gravidez. Não me atrevi a dizer. Eu estava tão apaixonado. Ela era tão apaixonada. Quem sabe, quando a criança nascesse, eu reunisse coragem para deixar minha mulher?

Eu prometia a ela que faria a separação. Mas minha mulher parecia adivinhar. Cada vez que eu tomava a decisão de esclarecer tudo, ela mudava completamente de atitude. Eu chegava em casa e ela havia visitado minha mãe, tentara ler um dos meus livros preferidos, me abraçava apertado na hora de dormir, sem reclamar do meu corpo ou do meu jeito de amar, como era do seu feitio.

É claro que isso não justifica um homem se manter casado quando está apaixonado por outra. Não. O problema é que eu precisaria estar furioso com ela para começar a expor o meu desejo de separação. E, por alguma infeliz coincidência, ela evitou me provocar com mau humor ou reivindicações durante todo o período da gravidez.

O resultado da minha covardia, do adiamento constante dessa conversa decisiva é que a fúria passou para o outro lado. Nos primeiros meses, o corpo muito magro disfarçou o crescimento da barriga e nós continuávamos nos encontrando, eu prometendo providências.

– Vou falar, juro que hoje eu falo, basta um dia para resolver este problema, eu prometo, você não sabe que é a mulher da minha vida? Então...

– Mas já estão reparando, me achando gorda, ontem uma vizinha perguntou... – angustiava-se ela.

– Eu vou falar. A próxima vez que a gente se encontrar, tudo vai estar resolvido.

Eu acreditava no que prometia, mas me faltava coragem. E, entre aquele encontro e o seguinte, as coisas se precipitaram. A barriga se fazia notar, o irmão que era mais próximo a ela, que a protegia e incentivava, cismou que podia ser uma doença feminina qualquer, de média gravidade, urgia levá-la a um médico, marcou-se o médico, a mulher dele a acompanharia. Na véspera, à noite, ela confessou: estava grávida.

Eu levei semanas para saber da história. Ela não veio encontrar comigo no dia marcado, não telefonou, passou dias em casa enjoando violentamente, a mãe sem falar, o irmão se sentindo traído, furioso. Quando soube da notícia, a primeira reação do irmão mais velho, não o que tentou levá-la ao médico, o outro, a primeira coisa que ele tentou fazer foi matá-la. Chegou a jogar uma coisa pesada em sua direção, o outro impediu, a mãe a agarrou pelos cabelos, ela trouxera a desgraça para aquela família.

Ela me contou tudo isso chorando, a barriga já evidente, ela se arrumava o melhor que podia, passava o dia no centro da cidade, em cima dos saltos, para lá e para cá, numa revolta enorme contra eles, tentando arranjar algum dinheiro que aplacasse a ira da família contra a sua cabeçada. Esperando que eu deixasse minha mulher. Encontrando comigo. Brigando. Sim, porque aí ela começou a brigar. E a sumir. Me amava, esperava que eu me separasse, compreendia que era difícil. No encontro seguinte, no segundo, no terceiro perdia a paciência, gritava comigo, chorava, me chamava de covarde, eu prometia que resolveria tudo, ela me amava de novo, voltava dias depois, cada vez mais pesada da gravidez e da tristeza da pressão familiar, escutava contar minha covardia, calada, os olhos escuros de ódio, e sumia. Um mês inteiro sem dar notícias. Foi nesse clima que se deu a gestação e o parto do meu filho. Na última briga da gravidez, sumiu três meses, voltou depois que o bebê nasceu.

Ela ainda esperou uns meses, depois do nascimento dele, pela minha decisão. Para que eu tomasse uma atitude. Não tomei, é claro. Por mais que me doesse saber das humilhações pelas quais ela passava. Por mais que eu a desejasse.

Como eu conseguia conviver com uma situação dessas? A resposta é simples. Sendo um canalha. Não um canalha qualquer como o Carlos Renato, que enganava todas as mulheres sem distinção e contava os detalhes mais íntimos das suas relações mais ternas. Com exceção da única amante que me escondeu.

Minha canalhice começou a ser engendrada na fúria dela contra a minha canalhice. "Por que todas as mulheres, é só a gente dar um pouco de confiança, viram umas megeras?", eu perguntava perplexo para os meus amigos. Eles concordavam comigo, claro. Para obrigações e cobranças, eu já tinha uma esposa.

– Qual é o sentido de ter uma amante assim? – questionava um.

– É, mas ela está grávida... – Uma vez eu abri o que me restava de consciência. – Vai ver que é por isso.

– Grávida porque quis. Quem mandou ter o filho? Você obrigou ela a ter esse filho? Não, então... – contra-atacava Carlos Renato, o mais feroz dos seus críticos.

Quando eles souberam que o bebê já tinha meses de nascido e eu ainda não o conhecia porque a mãe dele estava furiosa comigo, riram da minha cara.

– Só você mesmo. Atura a esposa controlando noite e dia o que você faz e arranja uma amante igualzinha. Mais um filho! – Carlos Renato colocava a mão na cabeça num espanto sem limites. – E se esse filho não for seu? Não tem o tal político que ajuda? E aí?

Ele deu forma à minha covardia, à minha ânsia por me livrar da culpa, ao meu ciúme. Porque o político era mesmo a única pessoa que a ajudava naquele transe. Não era uma ajuda desinteressada porque ele a usava como testa-de-ferro para fazer coisas que não queria se expor a fazer. Enquanto o dinheiro não saía, ele emprestava algum, porque tinha um coração bom, ela passava na minha cara a generosidade dele, vinagre com pólvora nas minhas feridas, um suplício medieval.

Eu gostaria de dizer, hoje, que nós nos separamos porque eu descobri que os dois eram amantes e o filho podia não ser meu. Ou que ser mãe a transtornou a tal ponto que ela deixou de ser a amante generosa, apaixonada nos intervalos das nossas brigas. Não. Eu não tenho esse consolo.

Nós nos separamos porque ela me deixou. E ela me deixou porque descobriu que eu estava de caso com a esposa do chefe de Carlos Renato. A confirmação de que eu a traía com outra, além da minha mulher, ela não pôde suportar.

Ele nos apresentara num almoço de aniversário e seu comentário no canto, depois de ela ter deixado a mão na minha mais do que necessário, foi:

– Você não é o literato? Faz que nem o padre Amaro do Eça de Queirós. Ele só confessava as casadas.

Pois bem, a mãe do meu filho reuniu todas as provas da minha traição – não sei como, até hoje, conseguiu, mas, enfim, quando as mulheres querem conseguem apurar tudo –, foi me buscar no trabalho e, na calçada do prédio, disse que não queria me ver mais. E disse o porquê. Com todas as letras.

– Essa mulher é uma cobra! Qualquer reação sua, ela fazia um escândalo, era capaz até de bater em você! – disse Carlos Renato depois, pálido de pensar que ela era capaz de entregar a amiga dele para o marido e colocá-lo numa enrascada. – E se essa louca contar para o Gilberto e ele me chamar de alcoviteiro?

Não respondi porque a imagem dela, todos os fotogramas da minha memória, me consumia desde a hora da despedida. Nunca mais a mão suave no meu corpo, as pernas cobertas de meias finas estendidas no meu colo, a boca capaz de se entregar infinitamente ao meu prazer. Nunca mais o arroubo, a obediência carnal, a alegria de assistir ao meu prazer, o olhar perdido e grato pelo prazer que eu lhe proporcionava. Nunca mais, ela dissera.

Quase enlouqueci. Achei que aquela era a pior dor da minha vida. Estava enganado. Dois meses depois, ela me ligou, marcou dia e hora para que eu a esperasse num hotel para casais no Centro, apareceu com outro. E entrou no hotel com ele.

Ela me deu o pretexto final para o ódio, me deu o pretexto final para a canalhice. Porque ela foi para o hotel com o tal político, alvo dos meus desvairados ciúmes. Depois de ter me defenestrado da vida dela em público, me colocando em risco total. Qualquer colega mais indiscreto poderia ter ouvido a voz dela me espinafrando, voz baixa mas raivosa. Se um fiapo daquilo chegasse aos ouvidos da minha mulher, meu casamento estaria destruído. Nada disso ela levou em consideração. Quando ela esfregou outro homem na minha cara, ao ciúme se juntaram as dúvidas cultivadas há meses por Carlos Renato. E se o filho não fosse meu? Uma mulher com aquela natureza de leoa possessiva, destemperada, era uma mulher capaz de tudo. Ele dizia, estava certo.

Minha vida ficou menos difícil a partir dali. Ela me convenceu a odiá-la e desprezá-la. Seu comportamento me permitiu isso. Consegui, de novo, enxergar as qualidades da minha mulher, sempre do meu lado, cuidando dos meus filhos, administrando minha vida. Colocando defeitos no que eu fazia ou dizia, mas eu era algum deus para não ser criticado?

Consegui fazer amor com minha esposa e com as esposas de outros homens da mesma forma que antes, cada vez lembrando menos do prazer torrencial que eu desencadeava no corpo dela, do prazer absoluto que ela me proporcionava. Ela foi a fêmea mais fascinada por estar comigo que eu encontrei na vida. Isso foi o mais difícil de esquecer.

No início, mesmo depois de tê-la visto entrar no hotel com o político, a memória me trazia fragmentos traiçoeiros. Um pedacinho do corpo. Um gesto dela na minha direção. Essas bobagens eram capazes de causar uma fisgada no centro do corpo que me deixava tonto. Apesar do ódio. Aprendi a afastar a dor e a excitação com uma pergunta simples: do que adiantava uma mulher dessas se ela transformava os momentos apaixonados em cobranças e retaliações?

Quanto tempo, quantos corpos de mulheres que gostavam de sexo, quantos jogos de futebol assisti com meus filhos, quantas sessões de cinema com minha mulher eu precisei para me convencer de que ela não valia a pena? Não dá para medir. Mas, um dia, eu cochilei depois de um encontro particularmente intenso, no apartamento da Santa Clara, e a mulher estava se arrumando para voltar para o marido quando eu acordei e, olhando-a, me convenci de que estava curado. Ela era magra, morena, bonita e quase, faltava pouco, quase tão disponível para o amor quanto a mãe do meu filho.

Ele, o filho, foi mais fácil deixar de lado. Era um bebê, eu o vi uma vez, antes de se intensificarem nossas brigas. Parecia comigo, ela dizia, me mostrando os olhos, as mãos. Nos encontramos num parque para essa estranha apresentação, e existia mesmo uma forte semelhança entre o bebê que eu peguei no colo e meu filho mais velho quando tinha aquela idade. Eu reconheci isso feliz por instantes.

– Mas quantas crianças de seis meses de idade parecem com outras crianças com seis meses de idade, criatura? – Carlos Renato só faltou me sacudir quando, numa crise de remorso, eu falei nisso. – Parece que bebe! Você mesmo não disse que o tal político tem esses mesmos olhos de peixe morto que você tem?

Eu não tinha dito isso, mas, para fins de argumentação, a idéia valia. O político era branco, de cabelos pretos e estatura mediana, como eu. Ele podia ser o pai. Qualquer um podia ser.

Depois da demissão na calçada, como um ou outro gaiato se referia à última vez que ela falou comigo pessoalmente, ela me procurou por telefone numa única ocasião.

Eu havia mudado de trabalho, há dois anos não sabia notícias dela, um dia toca o telefone na casa da minha mãe, a empregada me chamou, atendi na sala, sem imaginar quem pudesse ser.

Quem começou a briga? Ela, sem sombra de dúvida. Entrou de chofre no assunto, a doença do menino, mas entrou agressiva, me acusando de desinteresse com o destino do "meu" filho, especulando sobre uma possível praga da "megera" da minha mulher, porque um dia eu lhe contara, em confiança, que minha mulher se orgulhava de que todas as pessoas que tentavam prejudicá-la se davam mal. Só depois de despejar sua raiva é que eu consegui entender que ela reivindicava dinheiro para os remédios que o médico do hospital público havia receitado.

Nesse ponto, quem estava furioso era eu. Como ela se atrevia a ligar para a casa da minha mãe, uma senhora de saúde frágil, para me cobrar dinheiro para uma criança que eu mal conhecia? Minha raiva era tanta que nem considerei minha mudança de trabalho e telefone. Os dois únicos números em que ela poderia me achar eram os telefones da minha mãe ou o da minha casa. Pensar que ela poderia ter ligado para minha casa fez com que eu redobrasse a violência da resposta.

Meu filho caçula acabara de entrar para o Colégio Militar, fazia amigos, às vezes eu chegava em casa e um grupo de adolescentes trocando de voz se levantava para bater continência, todos fardados, me emocionava o rito. E se ela resolvesse aparecer na porta lá de casa com um menino de dois anos debaixo do braço, me acusando da paternidade?

Fui áspero, fui cruel, enxotei os dois da minha vida naquele momento. Quando minha mãe perguntou, espantada, com a violência ao telefone, com quem eu falava, respondi que era uma louca e que não queria tocar mais no assunto. Pela primeira vez na vida lamentei não gostar de beber. Uma conversa daquelas merecia um porre.

Não sei o que ela fez para conseguir o dinheiro. Não sei se o menino estava à morte ou se era exagero dela. Mais um. O que sei, soube depois, é que ela conseguiu tirar o filho do subúrbio, mudar com ele e com a mãe dela para um bairro nobre, num apartamento de frente para a praia, matriculá-lo numa escola cara.

Este progresso material eu soube pelo Carlos Renato, que a encontrou – e o menino – numa festa para crianças num clube da moda. Eles nunca haviam sido apresentados, eu a mostrara para ele, certa vez, ele a reconheceu. Loura, não mais morena, elegante, bronzeada, rindo sua risada maravilhosa num grupo de vários homens e poucas mulheres. O menino do lado, olhando a mãe com adoração. Palavras de Carlos Renato, cínico mas bom observador.

– Ela está diferente. Grande, eu não diria gorda, mas não é mais aquela magreza toda. Vou te dizer uma coisa – ele acendeu um cigarro, soprou a fumaça na minha direção. – O garoto é a tua cara.

Talvez eu pudesse ter procurado por eles, ali, naquele momento. Senti a mesma fisgada, o peso nos rins, a água na boca. Os sintomas da antiga paixão voltaram na hora. Mas ela me rejeitaria, era capaz de me devolver palavra por palavra o que eu dissera há seis anos, por telefone. Não os procurei.

Não estava casada, Carlos Renato havia se informado. Devia ter um amante rico, alguém que a ajudasse, talvez o político. Ela estava bem, eles estavam bem, o menino era capaz de não ser meu filho e eu vivia um romance tórrido com uma mulher mais jovem, rica, decidida e mal casada. Magra. Do jeito que eu gostava.

Ela não tinha um senhor que a ajudava. Não. Mais um tempo e a verdade explodiu na minha frente, apesar das pistas que estavam ali, o tempo todo, há dez anos, desde de que ela largara o emprego de datilógrafa. O dinheiro para o apartamento, o clube, a escola, para sustentar a família dela vinha de uma lista infindável de transações mais ou menos à margem da lei que ela se acostumara a fazer para o político, para os amigos do político, para ela mesma.

Eram pequenas coisas, mas depois da mudança, do subúrbio para o mar, tomaram uma dimensão impossível de recuo. Os contatos se ampliaram e contatos importantes pedem elegância, roupas, calçados, acessórios, jóias em se tratando de mulheres. Mulheres elegantes lutam contra o peso e ela começou a tomar remédios e a seguir dietas que tirassem do seu corpo as marcas trazidas pela gravidez. Os quadris mais amplos, os seios mais cheios. Os remédios para emagrecer não a deixavam dormir e ela começou a tomar tranqüilizantes, mas esses tiravam a vontade de manter os contatos, então ela usava alguma coisa para dormir, outra para acordar.

Quase tudo eu soube pelo meu filho. Depois. Depois do escândalo quando alguém entregou para a imprensa parte das articulações que ela fazia, o nome dela o único nos jornais. Depois que um parente conseguiu para ela um atestado de insanidade. Depois que a família se cansou, ou não conseguiu mais, manter a avó e o neto e me cobraram apoio ao filho que eu não considerava meu.

Foi aí que eu conheci de verdade o menino. Depois que "enterraram" a mãe dele. Com o mesmo vaticínio que eu disse para ela na calçada quando ela me demitiu do seu amor. "Você é louca." A mesma acusação pelo telefone quando ela me pediu dinheiro. "Você é louca." Os médicos concordaram comigo.

Alguém precisava sustentar o filho da mulher internada, enterrada e os irmãos, as cunhadas, os primos não queriam ou não podiam assumir o encargo.

Assim eu convivi com ele por dez anos. Até ele atingir a maioridade. Até conseguir um emprego e casar em seguida com uma namoradinha de infância que fez questão de me apresentar. Apesar de eu insistir em afirmar que não era seu pai. Apesar de eu contar o quanto sua mãe era inconstante, inconseqüente, irresponsável, louca.

Como eu posso ter sido um monstro desses com um menino meigo, que nunca me enfrentava, um adolescente que tentava argumentar comigo com a voz macia, destituída de hostilidade?

Eu me convenci de que ela era essencialmente desonesta e incapaz de respeitar regras. A lista das suas confusões, suas fantasias, suas mentiras convenceriam a qualquer um. Convenceram juízes, promotores, psiquiatras, por que não convenceriam a mim, o homem que ela traiu, humilhou, abandonou um dia? A doçura do filho não conseguia desarmar meu rancor porque ele insistia em ser fiel a ela, insistia em ponderar sobre suas qualidades e eu vivia em permanente dúvida se ele não era hostil porque era manipulador como a mãe ou mentiroso como eu mesmo. Caso fosse meu filho.

Não era difícil combatê-lo ou ignorá-lo. Minha mulher não podia ouvir falar dele, eu nunca o apresentei a minha família, só o via quando buscava a pensão sempre mal vestido. O dinheiro que eu dava era pouco, ele devia dar algum para a mãe quando a visitava no lugar onde foi confinada.

Um dia, casado, trabalhando, ele veio se despedir de mim. Não precisava mais do meu dinheiro, estava de partida com a mulher e o filho pequeno. Desde então, mais de dez anos, não tive notícias dele. Não sei onde estão, não sei se levou a mãe junto. Não perguntei.

Agora eu sei. Perguntei, mandei pesquisar, implorei por pistas. Porque a morte está perto e os remédios para a dor são tantos que vivo em constante delírio, enxergando com clareza todas as culpas, todos os erros. Na morte, sei a verdade.

Algumas coisas soube antes. Quando minha esposa teve uma crise de hipertensão, entrou em coma, morreu. A morte dela me mostrou a inutilidade do meu esforço. Ali estava o corpo da mulher que eu deixei de amar havia muito tempo, que provavelmente não me amava também e nós dois amarrados um ao outro. Eu ganhando dinheiro, ela cuidando dos filhos e do dinheiro, nada mais em comum. Minto. Em comum, a infidelidade dela com meu grande amigo Carlos Renato, o que apoiou sempre minha canalhice, enquanto mantinha minha esposa na lista de suas conquistas. O meu medo de ser traído era realizado por eles. E eu não desconfiei.

Agora é a minha vez. Estou com a cabeça na morte. Meus filhos fizeram as contas do que eles pensam que é só deles, vieram aqui com o advogado, com os médicos, voltarão, mais tarde, à noite, para que eu doe o que temos em vida. Para evitar a lentidão judicial.

Quando eles saíram, eu pedi à enfermeira que me levasse até a janela e olhei os jardins do hospital, parecidos com o parque onde um dia conheci meu filho rejeitado. Quando ele era um bebê de meses.

Foi numa tarde assim, há muitos e muitos anos, que eu despi pela primeira vez o grande amor da minha vida. Hoje eu quero fazer alguma coisa boa, antes de ir embora. Deixar um presente. Como um acerto de contas. Quem melhor para receber um presente do que a mulher que fez parte de mim? A mulher que eu ajudei a destruir por covardia. Ela e meu filho.

O relato dos atos que pratiquei por medo deveria ser motivo forte o bastante para que a reparação se desse sem conflitos. Não me iludo. Vai acontecer um bocado de choradeira e brigas. Quando descobrirem tudo o que vai ser consertado. Paciência. Algum dia se precisa vencer o erro.

markgraph
Rua Aguiar Moreira, 386 - Bonsucesso
Tel.: (21) 3868-5802 Fax: (21) 270-9656
e-mail: markgraph@domain.com.br
Rio de Janeiro - RJ